Edgar A. Wenzel

Niemandsland

Niemandsland 2017 - 2018

Bibliografische Information der Deutschen Nationalbibliothek:
Die Deutsche Nationalbibliothek verzeichnet diese Publikation
in der Deutschen Nationalbibliografie; detaillierte
bibliografische Daten sind im Internet über http://dnb.dnb.de
abrufbar.

Herstellung und Verlag:
BoD –Books on Demand, Norderstedt

ISBN 9783752866308

Venedig

Das Licht hab´ ich vergessen,
wie einst es mich vergaß.
Von Dunkelheit besessen,
die seither mich besaß.

Wie Engel einst gesungen
den himmlischen Gesang,
ist nun im Tal erklungen
der Totenglocken Klang.

Donnerstag

Der alte Löwe

Manchmal vermisse ich ihn schon, den alten, steinernen Löwen, der mich immer an Venedig erinnerte. Ich erinnere mich noch genau an den Moment, in dem ich als kleines Kind auf dem Arm meines Vaters aufgewacht war, und mein erster Blick auf ebendiesem steinernen Löwen fiel. Wir waren damals auf dem Weg nach Venedig und tatsächlich war ich nur einen Augenblick in der Straßenbahn eingeschlafen gewesen, hatte aber geglaubt, schon in Venedig zu sein.

Dementsprechend groß war natürlich auch die kindliche Enttäuschung, als ich erfahren hatte, gerade

7

erst mal am Südbahnhof angekommen zu sein. Mein Vater aber hatte solange meinen Kopf gestreichelt, dass ich wohl bald wieder eingeschlafen sein musste und tatsächlich nun erst wieder in Venedig aufgewachte. Ich werde das Gesicht meiner Eltern nie vergessen, als sie mir voller Stolz den Markusplatz, die Kanäle, die Rialtobrücke und die unzähligen Gassen Venedigs zeigten.

Sie hatten sichtlich mehr Freude daran als ich, damals vielleicht sieben- oder achtjähriger Junge. Ich ließ ihnen aber natürlich ihre Freude und ihren Glauben, mich damit zu beglücken.

Ich hatte mir Venedig immer irgendwie anders vorgestellt. Man kennt natürlich all die Bilder in Büchern, auf Postkarten, heutzutage natürlich im Internet, aber wie konnte ich auch nur erahnen, dass es sich hierbei nicht um irgendwelche Fotomontagen oder dergleichen handelte!? Wann schließlich gleicht ein Abbild auch nur annähernd den gegebenen Tatsachen? Venedig musste demnach also auch irgendwie anders aussehen. Vielleicht ein bisschen mehr von diesem oder etwas weniger von jenem...anders auf jeden Fall, soviel war klar.

Venedig, die sinkende und stinkende Stadt, hatte und hat aber offenbar andere Probleme, als die wunderbaren Gegebenheiten zu schmälern oder in falschem Stolz zu ertränken. Wo wir wieder beim eigentlichen Problem dieser Stadt wären, von dem ein Junge im zarten Alter unter zehn Jahren natürlich nichts wissen kann – und dies sei ihm vergeben – auch nichts wissen will.

Das beste Foto des gesamten Urlaubs war meinem Vater jedenfalls in der Ankunftshalle des Wiener Südbahnhofs, *nach* unserem Urlaub gelungen. Diese Aufnahme klebt heute noch voller Stolz in meinem Fotoalbum. Es zeigt meine Mutter, die, hinter mir gekniet, mich umarmt. Neben uns ist mein Vater zu sehen, der die Kamera umgedreht hatte und auf uns drei gerichtet hat. Ihm ist auf diese Weise ein gutes „Auf-Gut-Glück-Foto" gelungen, worauf er immer sehr stolz war. In Selfie-Zeiten natürlich keine große Sache. Das Abholen der Urlaubsfotos war jedoch immer ein sehr aufregender Moment, den ich immer wieder sehr vermisse, weshalb ich mich auch dazu entschloss, Fotos wieder ausschließlich mit meinem analogen Fotoapparat zu schießen und zudem auch bis heute noch kein Handy besitze. Fotos, Gespräche, alle Formen des Kontakts werden wieder auf das Wesentliche reduziert. Fotos werden in überschaubarem Rahmen und mit Bedacht gemacht. Freunde werden nicht aus Langeweile angerufen oder angeschrieben, sondern aus reinem Interesse.

Ich habe gelesen, dass der steinerne Löwe wieder aufgestellt wurde im Südbahnhof, der ja nun Hauptbahnhof genannt wird, was den *Südlöwen* schlagartig zum *Hauptlöwen* beförderte. Ich hatte ihn bis vor kurzem nie wieder besucht, den Löwen, weil ich Angst hatte, dass er sich vielleicht gar nicht mehr an mich erinnere. Er hat ja selbst schon genug Umstellungen, Veränderungen zu verkraften, ist also vielleicht selbst gar nicht *auf der Höhe*, wie es heißt. Was schert ihn da vielleicht ein kleiner, auch schon *in die Jahre gekommener*, Junge?! Und heute wie damals frage ich mich, warum er nicht einfach abhebt und fliegend über den Dächern Wiens den Weg nach Italien einschlägt um gleichsam in die Freiheit zu *entfliegen*. Wozu hat er schließlich Flügel? Ob er sich am Flughafen wohler fühlen würde?

Zeitverschoben

Heute, ja, viele Jahre später, Jahre, in denen ich immer wieder an den alten Löwen dachte und auch an meinen einzigen Venedig-Urlaub, der inzwischen an die dreißig Jahre zurückliegen muss, von dem mein Vater aber immer noch gerne berichtet, als hätte es sich gestern zugetragen, erzähle ich von meiner zweiten Reise nach Venedig, die in diesem Moment noch nicht zu Ende ist.

Momentan befinde ich mich in einem kleinen Hotel, inmitten der Lagunenstadt. Alleine. Einsam. Ich hätte diese Reise so gerne gemeinsam mit meinem Vater unternommen, aber er wollte den, auch für ihn bisher einzigen, Venedig-Urlaub im Kopf behalten und die Bilder an diesen nicht durch einen neuerlichen Besuch *zerstören*. Mein Vater wollte nicht das farbenfrohe Bild schwärzen mit seiner Trauer, mit seiner Depression, mit der schwarzen Tinte, mit der er vor ein paar Tagen erst die handgeschriebenen Traueranzeigen zur Post getragen hatte, wie er auch in neun Tagen seine geliebte Frau, meine Mutter, zu Grabe tragen wird. Tatsächlich will er es sich nicht nehmen lassen, den Sarg zum Grabe mitzutragen.

Ihn auf diesem Wege, auf dem Wege, der mit dem Tode meiner Mutter beginnt und bei ihrem Begräbnis endet, zu begleiten, hatte ich natürlich im Sinne und meinen Vater auch wissen lassen.

Mein alter Herr jedoch hatte klar zum Ausdruck gebracht, die Zeit bis zum Begräbnis alleine - an der Seite meiner Mutter und doch aber alleine sein zu wollen. Er schätzte freilich meine Fürsorge, meine Angst, meine Gedanken, doch aber wollte er, und das hatte er immer wieder mit Nachdruck betont, *alleine* sein. Wenn nicht mit seiner geliebten Frau, meiner geliebten Mutter, dann alleine. Zudem bräuchte er diese Zeit, um auch innerlich Abschied nehmen zu können, wie er seinen Entschluss untermauerte.

Schließlich und endlich würde er meine Mutter nie wiedersehen. Nicht hier, nicht anderswo, denn ein *Anderswo* existiere schlichtweg nicht, so er.

Mein Vater ist kein gläubiger Mensch. An eine Auferstehung, ein Weiterleben in einer anderen Welt, an deren Türe das Wort *Paradies* zu lesen sein sollte, glaubt er nicht. Wie könne Vergangenes wieder *sein*? Wie könne ein verdorbener Apfel plötzlich wieder saftig und grün oder rot werden? Wie könne eine, vom

12

Auto überfahrene, tote Katze plötzlich wieder aufstehen und sich bester Gesundheit erfreuen?! Zu sehr hat er noch das Bild jener toten Katze am Straßenrand irgendwo auf Korsika im Kopfe und also vor Augen, als dass er sich mit einer derartigen Vision zufriedengeben würde.

Die Katze war niedergefahren worden, und bis auf den Kopf war nicht mehr viel zu erkennen gewesen. Ihre Eingeweide waren meterweit am Beton verteilt gewesen, Fliegen hatten sich zu einem Festmahl am toten Katzenkörper verabredet und nichts sah eigentlich mehr einer Katze ähnlich, wäre da nicht noch, an ein paar Fäden hängend, der schwarze von Fellfetzen umringte Katzenkopf zu sehen gewesen.

Wie also, *in Gottes Namen*, könne diese Katze, dieses arme Katzentier, sich wieder lebendig von der heißen *Nachmittagssommerbetonstraße* erheben? Leben ende, so mein Vater, mit dem Tode, wie der Tag mit der Nacht ende. Für Glauben, für Geschichten aus dem Sie-Lebt-Wieder-Wald ist kein Platz in meines Vaters Kopf.

Von meinem Einwand, dass aber jede Nacht wiederum mit einem neuen Tag ende, will er nichts hören. Auch nichts davon, dass sehr wohl Tag und Nacht am selben

Tag bestehen, denkt man an Europa und Amerika. Vielleicht sitzen mein Vater und ich eben unter der Mittagssonne in Europa, während meine Mutter nur ein Schläfchen irgendwo im nächtlichen Amerika genießt. Zeitverschoben ist nicht aufgehoben...

Gemeinsam

Mein Vater hatte wohl nie damit gerechnet, meine Mutter zu überleben, denn viel zu unorganisiert hat er auf mich gewirkt, als ich - auch auf sein Drängen hin - die Stadt verließ, um erst zum Begräbnis wiederzukehren.

Er war und ist offensichtlich überfordert mit dem doch plötzlichen Tod seiner Frau, war aber natürlich stets darum bemüht, sich nichts anmerken zu lassen. Hierbei ging es aber keineswegs um organisatorische Wege, denn diese waren alle bereits im Vorfeld abgeklärt worden - beiderseits - sodass man sich sorgenfrei hinlegen konnte und sterben. Nein, ganz andere Steine trafen meinen Vater ganz plötzlich am Kopf. Das Leben, das Weiterleben, ja, schlussendlich das Noch-Bisschen-Leben, das Alleine-Sein!

Das gemeinsame Aufwachen, das gemeinsame Kaffee-Trinken, das Hand-In-Hand-Spazieren-Gehen und schließlich das Wichtigste: das Miteinander-Reden. Was bleibt sind bekanntlich nicht die äußerlichen Reize eines geliebten Menschen, sondern allein das Wesen, der Dialog, das Interesse, der Humor, ja, das Zusammenspiel all dieser Elemente. Was bleibt ist der gemeinsame Nenner.

Silberne Hochzeit

Weggeschickt hat er mich. Mein Vater wollte tatsächlich alleine sein. Alleine nicht nur in Gegenwart meiner Mutter, seiner Frau, nein, er wollte überhaupt alleine sein. Wollte niemanden sehen. Darum schickte er mich, wie auch seinen ältesten Freund, beinhart hinaus. Hinaus aus der Stadt, ja, sogar aus dem Land. Auch seinen ältesten, und ich nenne ihn bewusst nicht den besten Freund, denn dieser ist vor einem halben Jahr etwa gestorben. Seither ist beiderseits der älteste wortlos *nachgerückt* und gleichsam zum besten Freund geworden, obgleich beide sich freilich der Zweckfreundschaft bewusst sind. Dass mein Vater seine

15

geliebte nun tote Frau einmal betrogen hatte, wissen nur er selbst, sein nun toter bester Freund und ich. Mit dieser Art des Vertrauens konnte ich nie gut umgehen und fühlte mich auch keineswegs geehrt, sondern viel mehr gestraft, von diesem schwerwiegenden Betrug erfahren haben zu dürfen uns also zu müssen. Mein Vater und sein bester Freund hatten eines betrunkenen Abends mir gegenüber plötzlich die Tore der freundschaftlichen Verschwiegenheit geöffnet und mich sogleich überfahren, als wäre eine auf Hochtouren laufende Straßenwalze losgestartet um mich regelrecht plattzumachen.

Mein Vater also stellte mich ungewollt zwischen zwei unsichtbare Fronten. Meiner Mutter gegenüber hatte ich freilich kein Wort in dieser Sache zu erwähnen.

Wer aber war diese andere Frau überhaupt? Kennengelernt hatte er sie, eine Schmuckverkäuferin, als er auf der Suche nach einem Hochzeitsgeschenk für seine Frau, meine Mutter, war. Immerhin war es der 25. Hochzeitstag, vor weniger als einem halben Jahr erst.

Nun, mein Vater war also auf der Suche nach einem passenden Hochzeitsgeschenk für seine Frau gewesen, als er diese *sehr attraktive und offensive Dame mittleren*

16

Alters kennenlernte. Besagte Dame war zugleich die Geschäftsinhaberin und als solche noch mehr bemüht um die Zufriedenheit des Kunden. Tatsächlich aber hatte sie sich sehr bemüht und meinen Vater auch *zufriedengestellt*.

Meine Mutter hatte zum 25. Jubiläumstag übrigens einen Blumenstrauß mit nur 22 roten und drei rosafarbenen Rosen bekommen. Mein Vater hatte spontan nicht ausreichend rote Rosen bekommen. Gold und Silber hatten zudem ihren Glanz längst verloren.

Blick von oben

Eigentlich sollte es zu dieser Jahreszeit in Venedig warm oder gar heiß sein...dennoch friert mich leicht. Ich habe hier einen sehr kleinen Balkon, doch für eine Person - für mich also - reicht er. Ich habe genug Platz, mich noch vor dem Schlafengehen über das Geländer zu beugen und mir zu denken: Wo ist Eure Welt eigentlich?

All Ihr Menschen da unten, die Ihr durch die enge Gasse hier und durch die ganze Stadt schwirrt, die Ihr niemals müde werdet und dadurch dem müde gewordenen Venedig auch keine Ruhe gönnt - was sucht Ihr denn zu dieser späten Stunde? Was habt Ihr verloren, dass Ihr es ausgerechnet hier zu finden glaubt?! Ich habe meine Mutter verloren. Könnt Ihr bitte Ausschau halten nach ihr. Vielleicht findet Ihr sogar meinen kleinen, blaugrauen Teddybären, den ich damals als kleiner Junge nahe der Rialtobrücke verloren habe. Doch ich habe gelernt, ohne meinen geliebten Bären zu leben, wie ich nun lernen muss, ohne meine geliebte Mutter weiterzuleben, in der Welt zu stehen - zu *be*stehen. Was bleibt mir denn auch anderes übrig? Wir werden nicht gefragt, wie es uns geht, ob wir zurechtkommen, ob wir *dagegen* sind. Unsere Lieben und Liebsten werden uns entrissen, ohne jede Gefühlsregung aus unseren sie umklammernden Armen gezerrt und wir haben nicht die Kraft, sie an uns zu binden, festzuhalten, *hier*zubehalten.

Wir werden nicht gefragt und uns wird nichts gesagt. Wir müssen uns damit abfinden, verloren zu haben. Unsere Liebsten ebenso verloren zu haben, wie Kinder manchmal ihre Plüschtiere und jeder Mensch den von Anfang an unfairen Kampf gegen Gott.

Venedig ist also immer noch nicht untergegangen, ja,

aber die Menschheit ertrinkt nach und nach im Leben. Venedig wird uns alle überleben. Von wegen untergehen.

Dieses Schicksal bleibt schon noch uns armseligen Menschen ganz alleine vorbehalten. Venedig steht das Wasser vielleicht schon bis zu den Knöcheln, dem Menschen aber steht es bis zum Kinn.

Und immer noch suchen sie, die Menschen. Immer noch schwirren sie aufgeregt und nervös umher auf toten Steinen, die nur darauf warten, dass sie endlich über sie stolpern und sich ihre Köpfe an ihnen zerschlagen.

Wir sternen da oben
am Himmel dahin,
so ganz ohne Sinn,
wer soll uns hier loben?

Wir monden vergebens
in finsterer Nacht,
die über uns lacht,
oh, Stimme des Lebens.

Wir leben und doch nicht –
verstummt und verstimmt.
Was Leben uns nimmt,
schenkt Tod uns als Licht.

Freitag

Gerechte Strafe

Ein neuer Morgen, ein neuer Tag, der mich wieder weiter entfernt von meiner Mutter, der meine Mutter wieder einen Tag mehr tot sein lässt.

Ich habe soeben versucht, an der Rezeption meinen Vater telefonisch zu erreichen. Immer wieder habe ich angerufen, immer wieder habe ich es minutenlang läuten lassen. Immer wieder hoffte ich vergebens. Mein Vater hob schließlich ab, nur aber, um den Hörer scheinbar neben das Telefon zu legen, um nicht weiter gestört zu werden vom minutenlangen Geläute. Auch mein Vater vermied und vermeidet die neue Technik und aus eben diesem Grunde gibt es auch immer noch ein Festnetztelefon anstatt eines Mobiltelefons. Es ist noch dazu ein sehr altes, aus den Siebziger-Jahren stammendes Gerät. Zwar besitzt er neuerdings einen geschenkten CD-Player, verwendet aber dennoch nur den alten Plattenspieler. Deutlich, wenn auch sehr leise, konnte ich nun Beethovens Mondscheinsonate durch das Telefon vernehmen. Mein Vater hatte also offensichtlich Mutters Schallplattensammlung herausgekramt und ihren Lieblingskomponisten angehört. Er selbst liebt und liebte zwar auch schon immer klassische Musik, bevorzugte jedoch den, seiner Meinung nach viel *ruhigeren und nicht so aufbrausenden* Frühromantiker Schubert. Die Mondscheinsonate jedoch hatte auch mein Vater immer geliebt und, meiner Mutter zuliebe, wollte er diese auch eines Tages bei seiner eigenen Beerdigung spielen lassen.

Ich legte schließlich – viel zu spät eigentlich – ab, denn ich fühlte mich momentan sehr schlecht und indirekt aufdringlich. Dabei wollte ich doch nur meinen alten Herrn einen Moment sprechen. Insgeheim hatte ich sogar gehofft, mein Vater würde mich bitten, wieder zurück nach Wien zu kommen, ihm beiseite zu stehen. Mit dem Tagzug hätte ich es geschafft, am Abend bei ihm zu sein.

Natürlich beschäftigt mich die Frage, warum mein Vater absolut keinen Kontakt zu mir sucht, ja, jeden Anruf verweigert. Er hat ja ganz sicher gewusst, wer am anderen Ende der Leitung auf ein Gespräch hofft. Die Unterhaltung, die ich mit seinem besten Freund und ihm führte, wird es wohl zum großen Teil gewesen sein. Mein Vater hat sich selten, eigentlich nie für etwas geschämt, zumindest nicht in meiner Gegenwart, diesmal aber tat er es offensichtlich. Er schämte sich wohl für seine Schandtat kurz vor der Silbernen Hochzeit und dem bald darauffolgenden Tod seiner Frau. Ich frage mich, ob er meine Mutter auch betrogen hätte, hätte er von ihrem nahen Tod gewusst. Warum aber fühlt er sich jetzt, wo seine Frau und also meine Mutter, so plötzlich gestorben war, wohl um einiges schlechter als nach der *Tat* an sich. Hintergangen hat er meine Mutter ja nicht erst jetzt, kurz nach ihrem Tod, sondern schon ein halbes Jahr zuvor.

Mein Vater hat meine Mutter, und nur meine Mutter immer geliebt, daran bestand und besteht kein Zweifel. Nicht zuletzt seine Reaktion auf ihren plötzlichen Tod beweist dies. Er liebt und liebte nur sie und dennoch hat er sie betrogen. Nicht, dass er sich verliebt hätte in eine andere Frau, nein, ganz einfach *nur* betrogen hat er meine Mutter. Gefühllos und hohl hat er einer anderen Frau beigelegen. Das passt so überhaupt nicht zu meinem Vater, und, hätte er es mir nicht persönlich gestanden, ich hätte es niemanden geglaubt.

Auf meine Frage damals, ob er denn weiterhin zu jener Frau Kontakt pflege, gab er keine Antwort. Sein bester Freund, der nur ein paar Tage nach diesem Gespräch an einer Herzattacke während einer Autofahrt verstarb, hatte mich damals angesehen mit einem Blick, den ich nicht zu deuten wusste und bis heute nicht zu deuten fähig bin. Ihn darauf anzusprechen ist mir nicht mehr gelungen.

Hatte mein Vater den Seitensprung damals vielleicht zu leicht *weggesteckt*, wie es so schlecht heißt, ihn als - immerhin – ersten und einzigen nach über 25 Jahren

Beziehung – vielleicht sogar legitimiert, so leidet er jetzt hundertfach, dachte ich, als ich das einseitige Telefonat beendete, und plötzlich - wie soll ich es erklären? - offenbarte sich mir zum ersten Mal seit dem Tod meiner Mutter eine *positive* Sichtweise der Tragödie: mein Vater hat und hätte weiterhin nie so gelitten wie er es nun tat. Mit anderen Worten: der Tod meiner Mutter erst lässt meinen Vater seinen Fehler spüren und vielleicht ist es für mich auch lediglich nur eine Form der Suche nach Begründung, nach Trost, aber der Tod meiner Mutter lässt den *Täter*, meinen Vater, zumindest nicht ungeschoren davonkommen. Ich will nicht von gerechter Strafe sprechen, aber auch unausgesprochen ist es wahrscheinlich genau das.

Kalter Kaffee

Ich habe mein ohnedies spärliches Frühstück, bestehend aus zwei Semmeln und etwas fragwürdiger Marmelade in eine Jausenschachtel gepackt und bin schnellen Schrittes durch die Hotelhalle, hinaus in die Menschenmenge getaucht, um einfach nicht alleine zu sein. Den Kaffee habe ich nach zwei Schlucken

25

stehengelassen wie meine Jugendbekanntschaft damals in der Unterstufe. Es war nicht okay, ich weiß - ich rede nun von meiner Bekanntschaft, wie ich sie mal nennen will. Das ist aber ein anderes Thema. Dass ich den Kaffee nach zwei Schlucken stehenließ, sollte mir eigentlich hoch angerechnet werden, denn jede andere Person hätte dies bereits nach dem ersten halben Schluck getan. Und dabei bin ich in Italien. Wo, wenn nicht hier einen ordentlichen Kaffee trinken?!

Momentan sitze ich mit meinem Laptop also in einem venezianischen Caffè und trinke einen richtigen Kaffee. Ob Mutter in diesem Moment gerade friert? Im Kühlhaus? Nicht einmal Eiskaffee gibt es da...und ich sitze in der Herbstsonne, am Wasser, das Mutter ja auch so geliebt hat, und trinke einen guten, italienischen Kaffee. In genau derselben Sekunde, jetzt also, genau JETZT liegt Mutter in einer Kühlhalle während ich am Wasser sitze und Kaffee schlürfe. Es ist dieselbe Sekunde, und dennoch, obwohl es gerade einmal nur eine Sekunde ist, bekomme ich das Bild nicht in meinen Kopf, ist es so fern, so unbegreiflich, so unreal. Ich starre auf meinen mittlerweile sicher lauwarmen Kaffee und sitze in der Spätsommersonne am Canale Grande, und dennoch friert mir innerlich, als säße ich in einer Leichenhalle. Ich zahle und gehe jetzt...

Herbstlaub

Welches Lied mag meine Mutter wohl zuletzt im Kopf gehabt haben? Man hat doch immer irgendwie Musik im Kopf. Mal bewusster, mal unbewusster. Aber irgendwie ist doch immer überall Musik. Um unsere Köpfe, in unseren Köpfen. Wir werden *umrauscht* von Tönen und Melodien. Wir werden hilflos überrannt und übermannt. Werden planiert. Werden wieder einmal nicht gefragt.

Sie liebte Beethoven und die Beatles. Meine Mutter. Irgendwie erinnert mich das alles schon sehr stark an den Beginn des Films *Love Story*. Meine Mutter liebte also neben Beethoven auch die Beatles, mein Vater hingegen hat die Beatles immer gehasst. Er war und ist der klassische *Stones-Fan*. Mit der Mondscheinsonate konnte er sich noch irgendwie abfinden, ging es um sein Begräbnis, aber *Yesterday*, Mutters Lieblingslied der

Beatles, hätte beziehungsweise wird (!) mein Vater niemals durchgehen lassen. Bei aller Liebe.

Und all diese Liebe fällt nun auf meinen alten Vater hernieder, deckt ihn ein, wie ein Blättermeer einen schlafenden Igel. Mein Vater jedoch plant keinen Winterschlaf, nein, er kann mit dieser Naturform nicht umgehen und droht daher viel eher, unter dem Herbstlaub zu ersticken. Mein Vater ist der Liebe offensichtlich nicht gewachsen. Kann der Liebe nicht standhalten, ja, droht förmlich unter ihrer emotionsgeladenen und dennoch beziehungsweise genau aus diesem Grund erdrückenden Last niederzubrechen. Auf die *Liebeslast,* die sich symbolisch in Blätterform auf seine Schultern setzt, kniet sich nun auch noch die Last des schlechten Gewissens mit aller Brutalität nieder - drückt ihr ganzes Gewicht, ihre ganze Last, ihr ganzes Sein auf und in seinen Rücken. Lässt ihn darunter zusammenbrechen, nach Hilfe hecheln. Bis schließlich kein Widerstand mehr zu spüren ist und langsam und bedächtig dunkelrotes Blut, geschwärzt mit Totenanzeigentinte, durch den Kanaldeckel zwischen den Autos am Straßenrand in den Kanal tropft. Rotes Blut. Schwarzes Blut.

Rotschwarzes und schwarzrotes Blut. Tropfen für Tropfen für Tropfen....

Bis alles nichts ist

Der heutige Tag war...wie das Leben: viel zu schnell vergangen, etwas Kanalwassergeruch (steht man ungünstig und also gegen den Wind), etwas Sonne, etwas Schatten, zu viele Menschen, dann wieder niemand, nie bis selten aber genau richtig, für das Empfinden. Leben und Beweglicht, Tod und Starre. Sonnenaufgang, Sonnenhöchststand, Sonnenuntergang.

Und schon ist es Abend. Ich liege in meinem Bett und starre durch die alten, geschliffenen Fenster, hinaus in das Nichts, zumindest aber in das Licht vor dem Hotel, in das Laternenlicht, dass doch nur viel zu hell leuchtet und mehr mein Zimmer auszuleuchten scheint als die schmale Gasse unter meinem Fenster.

Leben wir nicht viel zu oft in ähnlichen Bildern? Das Licht, die Hoffnung, die unseren Weg ausleuchten sollte, schießt sich wie ein Pfeil mit Widerhaken in unser Herz, schießt sich in unsere Augen, nur, um gesehen zu werden, und schließlich nehmen wir das Licht wahr, nehmen es wahr, als hätte es nie etwas anderes in unserem Leben gegeben und sind dadurch jedoch so sehr geblendet, dass wir keinen Schritt vor den anderen machen können, ohne in der Dunkelheit jämmerlich zu scheitern und also zu stolpern und uns den Kopf an der erstbesten Kante zu stoßen und zu verbluten. Ausbluten. Aussterben. Bis nichts mehr blutet. Bis nichts mehr stirbt. Bis alles ausgeblutet ist und ausgestorben. Bis alles nichts ist.

In Deinen Augen
Mondlicht ruht –
verbrennt in Deiner Lebensglut.

In Deinen Ohren
Melodie
verstummt in Deiner Phantasie.

Auf Deiner Zunge
weißer Wein
versauert und will Rotwein sein.

In Deinem Leben
bist Du tot.
Und Wein bleibt Wein, ob weiß, ob rot.

Samstag

Ein Flügel

Ich liebe Möwen. Ihren Gesang, ihren Blick, ihren Gang. Wann immer ich Möwen sehe, denke ich unweigerlich an das Meer. An das unendliche Blau oder Grau oder Blaugrün. An die Unendlichkeit. An die Freiheit. An unendliche Freiheit.

Möwen erinnern mich demnach auch immer an Urlaub. Nun aber bin ich nicht im Urlaub und auch nicht zu Hause. Trotzdem sehe ich so viele dieser süßen *Emmas*, wie Christian Morgenstern sie in seinem *Möwenlied* benennt, fliegen. Ich will doch gar keine Möwen sehen in diesem Moment. Ich will auch keine Sonne und keinen Kaffee. Ich will keine Entfernung, suche ich doch viel eher Nähe. Nähe zu meinen Eltern, zu meinem lebenden Vater, zu meiner toten Mutter.

Oft gehe ich im, von mir so sehr geliebten, Belvedere-Garten oder an der Donau spazieren und beobachte die Möwen dort. Das Gefühl des Fernwehs, das sie mir stets vermitteln, kehrt sich momentan um, denn ich höre und sehe die Möwen hier am Wasser und habe Heimweh. Nach Wien, nach meinem Vater – nach meinem *alten Leben*. Ja, es ist durchaus als solches zu bezeichnen, da es mit dem Tod meiner Mutter nie mehr dasselbe sein wird. Ich denke – vielleicht zu früh für die gegebenen Umstände – jetzt schon sehr viel an die kommende, die vor meinem Vater und mir noch gemeinsam liegende Zeit. Meine Eltern waren stets wie eine dieser alten, schweren Küchenwaagen. Ausgeglichen, mit polierten Messingschalen und gleichmäßig verteilten Gewichtsstücken darin. Was soll nun aus der Waage werden, wenn in einer Messingschale das Gewicht fehlt und die andere zu Boden sinkt. Welches Gewicht soll nun das Gegengewicht, den Ausgleich darstellen? Werde ich dazu in der Lage sein? Will mein Vater dies überhaupt? Will *ich* dies?

Eine Möwe mit nur einem Flügel ist zu fliegen nicht mehr imstande.

Hania

Mein Weg heute führte mich hinaus aus den überlaufenen Gassen Venedigs an den nicht minder berühmten und also überrannten Lido, der dennoch Momente der Freiheit gewährt, lässt man all die Menschen hinter sich und blickt hinaus, auf das scheinbar unendliche Meer, das einem augenblicklich zu Füßen liegt. Nebelschwaden, ganz draußen am Horizont, versinnbildlichten und vieles mehr die Unendlichkeit des Meeres. Dort hinten, der Tanker war nur mehr als schemenhafte Silhouette zu erkennen, legte sich die weiße Gischt als Krönchen auf die Wellen. Und diese gekrönten Wogen verloren sich schließlich im breiten Sandstrand in das Nichts. Muscheln, Tang, Unrat ausspeiend. Eine Krabbe kämpfte verzweifelt um ihr Leben, die aufkommende Flut warf sie unerbittlich aus ihrem Element.

Menschen zu entfliehen, ist in Venedig ja nicht so einfach. Will man hier leben, wenn auch nur für kurze Zeit, findet man sich also am besten einfach damit ab. Ich habe sogar bewusst überlaufene Gassen und Plätze, wie eben den Lido, ausgewählt, um mich dieser Menschenmasse zu stellen, ihr nicht entfliehen zu versuchen. Ich habe gar nicht die Kraft und den Willen, ständig auf der Flucht zu sein. Manchmal, so scheint es, muss man einfach stehen bleiben, und dem Leben die Chance geben, einen einzuholen, das Gespräch suchen zu können.

So geschah es am heutigen Vormittag am Lido, als ich auf einer in den Sandstrand verlaufenden Terrasse saß und in das Meer starrte. Im mittäglichen Trubel bat eine junge Dame um einen Platz an meinem Tisch. Sie war, wie ich, und wie wahrscheinlich auch alle anderen Lokalgäste, nicht aus Venedig, ja, nicht einmal aus Italien, sondern aus Polen. Sie sprach mich in perfektem, akzentfreiem Deutsch gleich auf den Grund meines Aufenthalts an, gab von sich selbst jedoch anfangs kaum etwas preis.

Da ich nicht nur in Bezug auf Menschen, sondern

generell vor nichts auf der Flucht sein wollte, bemühte ich mich auch erst gar nicht, den eigentlich sehr persönlichen und deprimierenden Grund meiner Venedig-Reise zu verheimlichen.

Die junge Dame, die ich in etwa auf 24 Jahre schätzte, war sichtlich berührt und betroffen von meiner Geschichte, weshalb, wie ich annahm, sie wohl auch nichts von Ihrer Reise, die wahrscheinlich ein Studentenurlaub mit Freunden oder dergleichen war, zu erzählen wagte. Wie reagiert man auch auf eine derartige Antwort auf eine an sich im Urlaub banale Frage?

Da ich aber nicht gewillt war, weiter auf meine Geschichte einzugehen und zudem mein Gegenüber als sehr angenehm und in gewisser Weise beruhigend empfand, wechselte ich abrupt das Thema und erkundigte mich nach dem genauen Herkunftsort, da ich bereits eine dreiwöchige Polenreise hinter mir hatte und also auch tatsächlich interessiert war an der Antwort.

Hannah würde sie genannt, mit im Polnischen gar „ungewöhnlicher *unpolnischer* Schreibweise", wie sie mit unwiderstehlichem Lächeln hinzufügte, da der polnischen *Hanna* das letzte H fehle. Auf meine Frage hin folgte die an sich simple Erklärung, dass ihre, tatsächlich auch in Österreich lebenden Eltern für deren Tochter einen ebenso „österreichischen" wie auch „international verständlichen" Namen wählen wollten und auch wählten, worauf sich dezent hinter meiner Kaffeetasse die Frage erhob, wo Internationalität denn ende oder begänne.

Das junge Fräulein an meiner Seite hatte augenblicklich seine Aufmerksamkeit auf mich gezogen und ich war nicht mehr imstande, meine plötzlich wachgewordenen müden Augen von ihm abzuwenden, allzu sehr hatte es mich fasziniert. Dies lag ganz klar zuallererst an der Sonne, die es ausstrahlte, vielleicht auch an seinem Lächeln, mit dem es mich zeitgleich verzauberte. Sie war süß, diese Hannah aus Polen an meinem Tisch. Süß und interessant, weshalb ich nicht anders konnte, als ihr zu lauschen.

Tatsächlich war es keine Studentenreise nach Venedig gewesen, sondern die *Verlobungsreise* mit ihrem langjährigen Freund. Natürlich drängte sich mir die dezente Frage auf, wo denn ebendieser Freund momentan eigentlich sei, aber ich spülte sie mit dem inzwischen kalt gewordenen Kaffee in einem Schluck hinunter.

Wer weiß schon immer, wo sein liebster Mensch ist. Wo mag meiner Mutter wohl gewesen sein, in diesem Moment? Hannah und ich kamen also ins Gespräch, ohne ihren „liebsten Menschen" zu erwähnen. Sie, Hannah, die von Freunden nur Hania genannt werden wollte und schließlich wurde, sei zwar hier in Venedig mit ihrem Verlobten, aber bewusst auch *ohne* diesen. Natürlich bedurfte dies einer genaueren Erklärung, die *Hania* mir sogleich lieferte...

Gottes Fügung

Sie und ihr Verlobter seien zwar zusammen nach Venedig gefahren, hätten aber vereinbart, vor Ort, konkret *vor* dem Bahnhof getrennte Wege zu gehen. Beide hatten demnach also auch getrennte Unterkünfte gebucht, ohne vorherige Absprache, und auch sonst keinerlei Treffpunkte vereinbart. Die Vereinbarung war weiter diese, dass niemand den anderen beziehungsweise die andere *suchen* dürfe.

Sollten die beiden also durch *Zufall*, oder viel eher

durch *Gottes Fügung,* wie Hania es bezeichnete, einander – beziehungsweise wieder zu einander finden - so sei dies als Zeichen, als *Auftrag* zu sehen und dementsprechend zu *vollziehen.* Wäre dies jedoch nicht der Fall, so...

Hania stockte, doch ich verstand.

Ich verstand sehr gut, und obwohl ich Hania fast nicht und den Verlobten überhaupt nicht kannte, befand ich mich plötzlich inmitten des Geschehens, denn ich wollte Hania nicht mehr gehen lassen und wusste, was dies zugleich für mich bedeuten könnte.

Obwohl, so war mein Gedanke, sei es nicht ohnehin die viel größere Möglichkeit, gefunden zu werden, befände man sich an ein und denselben Ort? Ist es nicht besser, wenn nur eine Hälfte herumkreist, und die andere sich finden lässt!?

Doch, haben beide Hälften nicht die Möglichkeit der vorherigen Absprache, kann es durchaus passieren, dass sie ein halbes oder ganzes Leben aneinander vorbeischweben, wie das Leben oft am Tod - bis dieser dann aber doch irgendwann seine Hand austreckt, und um Weggeld bittet, wie es ihm vom Großonkel an Sonntagabenden beigebracht wurde, während Oma ihre geliebten, lauwarmen Himbeerteigtaschen zubereitete, die alle ja doch nur hassten, weil sie am Boden immer angebrannt waren....

Windstill

Er würde sicher nicht an den Lido kommen, gab Hania plötzlich von sich, und rührte dabei die Eiswürfel in ihrem inzwischen servierten Cola-Whisky mit dem Griff meines Kaffeelöffels, den sie sich, ohne zu fragen, auf liebfreche Weise einfach so stibitzt hatte. Sicherlich war es ganz unbewusst, und vielleicht gerade deswegen empfand ich es als sehr herzig. Ich brauchte wohl offensichtlich einen Moment zu lange mit einem Kommentar, einer Frage zu ihrer Aussage, denn Hania sah mich plötzlich an und beantwortete von alleine ihre Frage, die genaugenommen ja gar keine war. Karol, ihr Verlobter würde ziemlich schnell seekrank, weshalb er jeden Kontakt mit auf dem Wasser fahrenden Objekten, und dies begann bereits bei Luftmatratzen, vermied.
Sie blickte mich an und wusste natürlich, welche Frage mir nun auf der Zunge lag. Ich zerkaute die Frage noch ein wenig, ehe ich ein übriggebliebenes „Und, wie war

die Fahrt hierher mit dem Schiff?" mit nicht leichtem Unterton von mir gab. Hania sah mich mit einem Lächeln an, das Kinder gerne von sich geben, wenn sie sich ertappt fühlen, obwohl ihre *Tat* ohnehin mehr als offensichtlich ist.

„Sehr ruhig und windstill" antwortete sie kurz. Sie sah mich an und wusste natürlich, was mit meiner Frage gemeint war. Mit beiden Ellenbögen auf dem Tisch gestützt und ihrem lieben Gesicht in den Händen fing sie an zu erzählen...

„Karol hätte die Fahrt hierher sicherlich gut vertragen, und wer weiß, vielleicht ist er ja genau in diesem Moment auch hier, hat all seinen Mut zusammengenommen, um hierher zu kommen, um nicht die Möglichkeit auszulassen, mich hier zu treffen. Suchen werden wir uns ja nicht, wie ich bereits erzählte, aber wenn es sein soll, dann wird es sein, da bin ich mir sicher. Ich drehe mich nicht einmal jetzt hier in diesem Lokal um, denn das bedeutete ja schon wieder, ich hielte Ausschau nach ihm, suchte ihn also. Du wirst dir vielleicht denken, dass wir dem lieben Herrgott da ein bisschen zu viel Verantwortung in seine schützenden Hände legen, und verzeih mir bitte, wenn ich Dich jetzt darauf gar nicht antworten lasse, sondern dies eben mal unterstelle, *ich* aber bin ganz fest dieser Überzeugung. Ich weiß, dass Gott uns ein zweites Mal zusammenführen wird, wenn es sein Wille ist. Meinem Ton kannst Du zum einen Sicherheit gegenüber Gott entnehmen wie jedoch auch Unsicherheit, Karol und mich betreffend. Es ist aber nicht das Gefühl der Unsicherheit, wenn man auf eine wackelige Hängebrücke steigt, es ist vielmehr das ungewisse Gefühl, das einem schon *vor* dem ersten Schritt auf dieser umarmt, ob diese Brücke wackeln wird, ob mir schlecht wird, wenn sie zu sehr wackelt, ob ich Halt fände bei starkem Wind, wenn ich womöglich gerade mitten auf der Brücke über einem tiefen Abgrund stünde.

Die Phantasie kann ja bekanntlich immer noch viel brutaler sein als die Realität..."

Blut am Knie

Ich musste unweigerlich an die Seufzerbrücke denken, die zwar weder Hängebrücke, noch überhaupt eine Brücke, die man, zu jener Zeit, als sie ihrem Namen noch gerecht wurde, aus freien Stücken, freiwillig also, betrat, war. Und so sehr mich anfangs noch der Vergleich mit der Hängebrücke Hanias schockierte, desto mehr stellte ich nach und nach fest, dass dieser gar nicht so weit hergeholt, ja, dass er sogar sehr treffend war. Die Seufzerbrücke war immerhin, wenn man es so nennen will, die Brücke vom *Diesseits* ins *Jenseits*, die *letzte Brücke* und also der letzte Blick über die Stadt und ins Leben, von der man sich, als Verbrecher, eben wohl mit einem Seufzer verabschiedete, ehe man den Weg, die *Brücke* ins Jenseits verließ.

Eine Brücke, so war mein Gedanke, ist doch immer ein Verbindungsstück. Und in den seltensten Fällen verbindet sie Gleiches und Gleiches, sondern zwei *Welten* miteinander. Meistens ist demnach doch an dem einen Ende der Brücke nicht dieselbe Welt wie an dem andern Ende zu erwarten. Wie ist das aber nun im Fall Hanias Hängebrücke? Geht es da also um zwei Menschen, die zusammen vom einen Ende der Brücke aus losgehen, und die seelenlose, tiefblaue Schlucht überqueren wollen, oder ist es nicht viel eher so, dass der eine Mensch von der einen Seite und der andere Mensch von der anderen Seite die Brücke betritt, und man hofft, in der Mitte, den am tiefsten hängenden, unsichersten und wackeligsten Punkt aufeinander zu treffen?

Um beim Beispiel der Hängebrücke zu bleiben... An welchem Punkt ist die Beziehung, egal bei welchem Wetter, für die Brücke am meisten *belastend*? Freilich an jenem Punkt, an dem *beide* zum Stehen kommen, an dem *beide* also zueinanderfinden, sich in den Armen liegen, *am nächsten* sind, zwei Gewichte zu *einem* werden.

Nähe birgt demnach also auch immer eine gewisse Gefahr in sich, und in der Mitte der Brücke beieinander zu stehen und also der schwerste Punkt auf einer wackeligen Hängebrücke über scheinbar endlos tiefem Abgrund zu sein, und dennoch nicht voneinander loslassen zu wollen oder zu können, kann zweifelsohne das Leben kosten.

Aber, ist es nicht besser, zusammen im Graben zu liegen, als jeweils gegenüber am Abgrund zu stehen?

Und eine Frage beschäftigte mich auch noch, während die junge Hania aus Polen zu mir sprach: Wie hoch über dem Abgrund ist denn diese Brücke eigentlich? Kann man sich das Genick brechen, springt oder stürzt man vor ihr, oder blutet man lediglich am Knie?

Höhenangst

Mit einem Schlag musste ich an die *Brücke* zwischen meinen Eltern denken und ich überlegte, an welchem Punkt ich diese *betreten* hätte, und ob nicht etwa *ich,* mein Gewicht also, die Brücke zum Einstürzen gebracht hätte.

Tatsächlich überlegte ich nun auch im Falle meiner Eltern, was diese Brücke in ihrem Leben eigentlich darstellte.

Eine Brücke, die zwei Welten vereinen will, ist zumeist auch immer der Boden über fremder, *neutraler* Welt zwischen ebendiesen beiden. Sozusagen ein Kompromiss. Nicht das eine, nicht das andere Ufer. Neutraler Boden also, wenn auch nur sehr wackelig.

Stehen zwei Menschen an demselben Ufer, und wollen *gemeinsam das* gegenüberliegende Ufer erreichen, so ist die *Belastung,* vorausgesetzt, sie gehen den ganzen Weg Hand in Hand, zumindest aber nebeneinander her, stets

an einem Punkt extrem, aber durchwegs gleichmäßig.
Ist eine dauerhafte, gleichmäßige Belastung nun einer ungleichmäßigen, punktuellen Belastung vorzuziehen, will man keinen Schaden anrichten, nichts zerstören?

Graue Wand

Ich musste wissen, wo meine Eltern einst gestanden hatten. Hatten sie zusammen, also Hand in Hand die Hängebrücke über dem Leben betreten, oder waren sie irgendwo auf dieser, das Leben überspannenden Brücke aufeinandergestoßen, weil Gott es so wollte, oder aber hatten sie einander jeweils schon am gegenüberliegenden Ufer gesehen - sich ineinander verliebt und aufgrund dessen den Weg auf den unsicheren Boden gesucht?
Ich wusste, dass ich meine Mutter niemals mehr würde befragen könne, also musste mein Vater ungefragt Rede und Antwort stehen. Natürlich war mir bewusst, mit welcher Frage ich auf meinen alten Herren zukommen würde, mir war aber ebenso klar, dass niemand anderer sonst mir jemals würde antworten können.
Wortlos also stand ich auf, um den nächsten

Telefonautomaten aufzusuchen. Ich hatte plötzlich den starken Wunsch, meinen Vater einfach nur zu hören, ja, ihn bestenfalls nach seiner *Lebensbrücke* befragen zu können.

Einmal drehte ich mich um auf dem Weg ins Innere der Bar, und da saß sie auf der Terrasse – diese überzuckerte Hania aus Polen. Sie war süß. Liebsüß. Süßfrech. Frechlieb.

Alles an ihr war perfekt, wie vielleicht ebenso alles in meinem *anderen* Leben unperfekt war. Allem im Leben, was momentan *tot* vor meinen Füßen gelegen hatte, hatte sie wieder Leben eingehaucht. Jede graue Wand in meiner Herzenswohnung war plötzlich wieder mit Farbe geschmückt.

Ich wählte die Telefonnummer meiner Elt...meines Vaters. Es klingelte sehr lange und das monotone Geräusch in meinem Hörer machte mich tatsächlich ruhig und müde. Plötzlich vernahm ich keinen Ton mehr am anderen Ende, dachte demnach, dass die Leitung unterbrochen sei, warf einen Blick auf die Anzeige, legte den Hörer erneut ans Ohr, warf wieder einen Blick auf die Anzeige und stellte fest, dass der

46

Zähler noch weiterlief. Mein Vater hatte also sehr wohl abgehoben gehabt, doch den Hörer wieder zur Seite gelegt. Ich wusste genau, *wo* der Hörer in diesem Moment lag. Der weinrote Hörer des alten Apparats aus den späten 1970er Jahren lag genau in diesem Moment auf dem aktuellen, gelben Telefonbuch, das meine Eltern immer auf diesem schrecklichen Telefontischchen liegen hatten. Dieses Telefontischchen hatte tatsächlich immer ziemlich genau zwischen dem Ohrensessel (wenn auch nicht in der Gentzgasse, so aber doch sehr nahe dieser) meines Vaters und dem geblümten Couchsessel meiner Mutter gestanden. Hinter den beiden sehr fragwürdigen Sitzgelegenheiten meiner Eltern erhob sich eine dem zusammengerechneten Alter der beiden Elternsitze um nichts nachstehende Lampe mit geblümten Lampenschirm aus den 1920er Jahren. Bedient wurde diese Lampe durch Betätigen eines Fußpedals.

Viel wichtiger aber war eben dieses kleine Tischchen, dass zwischen den beiden Couchsesseln stand: denn hierauf lag fraglos nun der Hörer, den mein Vater, grußlos und unbeachtet, dort *abgelegt* hatte.

Ich konnte freilich noch nachvollziehen, dass er *nicht*

reden wollte, *nicht* aber verstehen konnte ich, warum mein Vater den Hörer nicht wieder auf die Gabel legte, beziehungsweise, wenn nicht gewollt, einfach *nicht* abhob. Und tat er dies bei allen Telefonaten, oder nur bei jenen, hinter denen er seinen hinfort geschickten Sohn vermutete oder spürte? Ich warf eine ganze Hand voll Kleingelds nach, und der Telefonautomat schien auch den ganzen Tag noch nichts zu essen bekommen zu haben, so hastig, wie er die Münzen verschluckte. Ich hatte aber dieses unbeschreibliche Gefühl, *nicht* ablegen zu dürfen. Irgendetwas musste mein Vater ja damit bezwecken. Ich konzentrierte mich genau, ganz genau, was ziemlich schwierig war, ob des Stimmengewirrs im Lokal, um etwaige Geräusche im Hintergrund am Ende der anderen Leitung zu erkennen. Ein paar Sekunden lang war es absolut still gewesen, sodass ich unweigerlich immer wieder auf den Zähler blicken musste.

Doch dann verspürte ich einen kalten Hauch im Nacken, denn ich konnte plötzlich ganz deutlich, wenn auch leise, die Stimme meiner Mutter vernehmen. Nach und nach wurden auch andere Stimmen hörbar, jene meines Vaters und schließlich meine eigene Stimme. Mein Vater hatte offensichtlich ein altes Videoband angesehen und ließ mich dies auf seine eigene Weise wissen und zudem mich daran ungefragt und ungewollt teilhaben. Zwar hatte ich freilich kein Bild mitgeliefert bekommen, und doch waren sofort Bilder meiner Mutter vor meinen Augen, wie sie es ja ohnehin immer sind. Nun aber, durch ihre Stimme, waren sie wieder deutlicher zu sehen, gewannen sie wieder an Farbe, färbten wieder die Wände in meinem Innersten in bunte Farben, wie auch bei Hania eben zuvor. Hania!

Ich hatte tatsächlich schon eine ganze Zeit lang hier gestanden, mit dem Hörer in der Hand, hatte momentan ganz und gar auf meine liebe Gesprächspartnerin vergessen. Ob sie noch dasäße? Ich war insgeheim froh, einen Grund gefunden zu haben, den Hörer einfach aufzuhängen, das Wort meiner Mutter einfach abzuschneiden, abzubrechen. Schnellen Schrittes, wenn auch gedanklich noch viel mehr bei meinen Eltern, begab ich mich wieder hinaus auf die Terrasse, und hielt Ausschau nach Hania. Diese war aber nicht mehr zu sehen. Vielleicht auf der Toilette? Ich setzte mich wieder an den Tisch, und fand darauf liegend die Rechnung. Hania hatte neben ihrem Cola-Whisky auch noch meinen Kaffee bezahlt.

Ich beschloss, nicht mehr hier sitzen zu bleiben, sondern zurück in die Stadt zu fahren. Insgeheim hoffte ich wohl, Hania vielleicht noch am Schiff zu treffen, was ich mir selbst aber nicht eingestehen wollte. Die Rechnung ließ ich bewusst auf dem Tisch liegen. Nein, ich würde sie nicht mitnehmen, würde kein Andenken an Hania benötigen, denn ich würde sie ohnehin in meinem Kopf behalten. Diese grünen Augen, das zauberhafte Lächeln, das Grübchen neben dem linken Mundwinkel, das immer zum Vorschein kam, wenn sie lächelte, was sie sehr oft tat. Diese Sonne in meinen grauen Tagen würde ich nie vergessen. Dieses Licht in stockfinsterer Nacht. Diesen angenehmen Wind an überdurchschnittlich heißen Tagen. Dieses lebensfrohe Leben in meinem totgefärbten Dasein dieser Tage.

Was ich nicht wusste...Hania hatte auf der Rückseite der Rechnung ihre Telefonnummer aufgeschrieben und dazu „Du schuldest mir ein Cola-Whisky" vermerkt.

Unter diesem Satz schrieb sie in recht verspielten Buchstaben: Hania vom Lido.

Zwei Kerzen im Herzen

Und da sitze ich also wieder im Caffè, nahe meines Hotels. Vor mir steht, ganz untypisch, und es kostete mich tatsächlich einiges an Überwindung, ein Glas Cola-Whisky. Auch der dezente Versuch des Kellners, Antonio, ich kenne ihn inzwischen ja schon etwas, mir – zumindest – den Hauswein anstatt des Cola-Whiskys anzubieten, scheiterte kläglich, obgleich ich auch viel mehr in der Stimmung danach gewesen wäre, ganz abgesehen davon, dass ich Antonio ungern eine Empfehlung ausschlug. Ob er deswegen keine Eiswürfel in das Glas gab? Naja. Warum trinke ich eigentlich Cola-Whisky? Was hat diese Frau heute Nachmittag in mir bewirkt? Warum lässt sie mich irgendwie nicht mehr los?

Ob es vielleicht nur ein erbärmlicher Versuch der Flucht vor meinen Gedanken an das bevorstehende Begräbnis meiner Mutter ist? Will ich vielleicht nur schon endlich wieder einen frohen Gedanken in mir hochzüchten können, ohne dass dieser gleich wieder von bleiernen Träumen und Stimmungslagen zermalmt wird? Und was ist mit meinem Vater? Soll ich seiner Bitte, ja, seinem Befehl weiterhin gehorchen, oder mich viel eher (endlich?) in den nächsten Zug in Richtung Wien setzen? Sind seine Aktionen, das Telefon betreffend, nicht nur Hilferufe? Doch, wie kann ich meinem Vater helfen? Schuldgefühle, ja nicht einmal die „ganz gewöhnliche" Trauer kann man jemanden abnehmen. Aber sehr wohl kann man – zumindest – für einen kurzen Moment abgelenkt, *betäubt* davon werden, wie es eben heute Nachmittag ganz eindeutig bei Hania geschah.

Es hat einfach gutgetan. Einen Moment wieder das Leben und nicht nur den Tod nach sich greifen zu spüren. Ob es das alleine war, ist nicht klar zu definieren. Ich müsste Hania vielleicht wiedersehen, um zu wissen, ...

Was, wenn wir, und die Chance ist mehr als gegeben, einander nie wiedersehen? Ich weiß doch nichts über diese Person. Nichts zumindest, das mir helfen könnte, sie hier zu finden, ist es doch nicht einmal gesagt, dass

Karol, ihr Verlobter, sie hier finden wird.

Gut, ich habe ja nicht versprochen, *nicht* nach ihr zu suchen, aber was brächte es, mal ganz abgesehen von den gegebenen Umständen in ihrem Leben und der ohnehin unwahrscheinlichen Möglichkeit, sie hier, unter tausenden Menschen zu finden, geschweige denn nur zufällig zu treffen?

Hania scheint mir nicht der Typ, der den ganzen Tag nur auf den Touristentrampelpfaden unterwegs ist, sondern vielmehr, wie heute auch am Lido, eher abgelegene Orte in dieser Stadt sucht. Wird es ein weiterer Abschied werden? Natürlich könnte ich morgen wieder in dieses Strand- Caffè am Lido gehen, doch irgendetwas sagt mir, dass ich Hania dort auf keinen Fall mehr treffen werde.

Ich denke, es ist gut so wie es ist. Mein Herz habe ich heute seit langem wieder schlagen spüren und der Gedanke an Hania hat in mir wieder ein Licht entfacht. Innere Wärme ist lebensnotwendig, denn das Grablicht in meinem Herzen alleine wärmt nicht, nein, vielmehr brennt es alles ab, bis es verkohlt am Herzensboden liegen bleibt.

Hania hat still und heimlich ein Lebenskerzlein zum Grablicht in meinem Herz gestellt.

Farblose Augen in finst´rer Nacht
verfolgen mich bis in den Tag.
Mein Traum liegt kalt in seinem Sarg,
von toten Augen ausgelacht.

Farbloses Leben das Blumenbeet
beneidet um die Farbenpracht,
hebt seine Hände zum Gebet
und wartet auf die schwarze Nacht.

Sonntag

Espresso

Es waren doch ein paar Cola-Whisky, sagte Antonio, der mich nach Bezahlen der Rechnung schließlich auf ein Achtel des roten Hausweins einlud. Ich könne unmöglich ohne den Geschmack eines Rotweins in Italien zu Bette gehen. Er setzte sich zu mir, warf das Geschirrtuch mit zweifelsohne geübter Lässigkeit auf den leerstehenden Nachbartisch und sprach zu mir.

Ich hatte anfänglich etwas Mühe, meine Augen offenzuhalten und zudem, dem gerade erst in Fahrt zu kommen scheinenden Antonio zu lauschen.

Warum ich mich - ich wusste, dass ihn das nicht in

Ruhe ließ – ausgerechnet in Italien mit Cola-Whisky zuschütte, und was ich denn da ständig auf dem Laptop schriebe, wollte er wissen. Ja, und wo denn meine Frau und die Bambinos seien und warum ich immer so ernst in die Gegend schaue und warum ich ihn nicht schon längst frug, warum er denn eigentlich so gut, *um nicht zu sagen perfetto* Deutsch spräche. Nun, die letzte Frage, und diese war auch schon die einzige, die *ich* nicht zu beantworten hatte, stellte ich – der Höflichkeit halber, ich gebe es zu – gleich im Anschluss an Antonios Fragenkatalog.

Was folgte, war ein erstklassiger Monolog, gespickt mit kleinen theatralischen Einlagen, bei denen stellenweise auch das Geschirrtuch wieder zum Einsatz kam, handelte es sich beispielsweise um die pantomimische Auslegung seiner Geburt im Bahnhofs-Caffè Albaredos, nahe Venedigs, bei der er als noch namenloser Antonio lediglich in einem Kopftuch eingewickelt nach Hause getragen wurde.

Um es aber kurz zu machen: der Arzt (und schließlich Namensgeber), der durch Zufall der Geburt beiwohnte, war damals eigentlich auf Urlaub in Castelfranco

Veneto gewesen, um im nahegelegenen Albaredo nach Spuren seiner Vorfahren zu suchen. Sein Name war Anton (zum Glück nicht Günther oder Olaf!) Braunspuettel und er kam aus Villach.

Der Kontakt zwischen Antonios Familie und dem Arzt riss seit jeher nie ab und Antonio hatte sogar einmal einige Zeit bei Dr. Braunspuettel in Villach gelebt, sozusagen als Au-Pair. „Von Au-Pair zu Ober" scherzte Antonio und ich war schon angetan ob des Wortspiels, das er freilich nicht eben erst erfunden hatte, aber beinahe so vortrug.

Es blieb natürlich nicht bei dem Achterl und wie sich herausstellte, war Antonio auch schon längst außer Dienst gewesen. Die Nacht wurde noch sehr lange und endete in einem Lokal auf der Insel Murano, die wir spontan mit einem Wassertaxi angefahren hatten.

Im Laufe der Nacht hatte ich auch Antonio auf all seine Fragen Antwort gegeben und zwischenzeitlich brach er auch immer wieder in Tränen aus. Dass auch seine Mutter erst im letzten Winter gestorben war, erfuhr ich auf dem Wassertaxi nach Murano, was auf der Insel einige gemeinsame Grappas zur Folge hatte.

Wir beschlossen nach kurzer Zeit, das Thema „tote Mütter" auf Eis zu legen beziehungsweise sie darauf liegen zu lassen und viel eher über das Leben zu sprechen. Das Leben, so Antonio, sei mit einem Kaffee zu vergleichen.

Nimmst Du einen Großen, lebst Du also lange, aber wirklich schmackhaft sind ja doch nur die ersten Schlucke. Irgendwann, viel zu früh, kühlt er aus und Du hast eigentlich gar keine Lust mehr, ihn zu trinken. Ein Espresso aber sei kurz und intensiv. 100% in eine kleine Tasse, in ein paar Jahre stecken und dann zufrieden von dannen ziehen. „Qualität vor Quantität". Man kennt diesen Spruch freilich, aber in besagtem Zusammenhang hatte ich ihn dann doch noch nie gehört.

Unweigerlich musste ich an Goethes Aussage „Das Leben ist zu kurz, um schlechten Wein zu trinken" denken, wagte aber nicht, davon zu sprechen nach meinem Cola-Whisky-Abend in Antonios Caffè.

So, jetzt gehe ich in die Hotelbar und hole mir erst einmal einen kurzlebigen Espresso. Mein Kopf brummt wie der Motor eines Vaparettos

Blutende Blüten

*Mein lieber Sohn, das Begräbnis ist am 23. Juli um 10:00 am
Friedhof Stammersdorf.*

Sei pünktlich, Du weißt, Mutter hasst Unpünktlichkeit!

In Liebe, Dein Vater.

Dieses Fax drückte mir der Herr an der Rezeption auf
dem Rückweg von der Hotelbar in mein Zimmer (ich
musste mich umziehen, da ich es tatsächlich schaffte,
den halben Espresso auf mein Hemd zu schütten – das
ist dann schon ein wirklich sehr kurzes Leben, würde
Antonio sagen) in die Hand. Natürlich wusste ich vom
Begräbnis und in Wahrheit *warte* ich hier ja auch nur
darauf, aber, liest man es dann - so Schwarz auf Weiß -
so *tatsächlich* und *unwiderruflich*, dann ist es noch einmal
ganz anders. Man verdrängt es vielleicht, solange man
nicht davon liest oder hört. Mein Vater hat bis heute ja
den Kontakt gemieden und irgendwie war es auch sehr
angenehm, weil nicht greifbar und also beinahe
unrealistisch. Wer ist nicht schon nach einer
Todesmeldung am nächsten Tag aufgewacht und hat
den ersten Bruchteil einer Sekunde noch nicht *daran*

gedacht – bis es dann schließlich umso heftiger einschießt und man am liebsten einfach gleich wieder die Augen schließen möchte und schlafen, nur um dem Schmerz, diesem unendlichen Schmerz zu entfliehen. Keinen (mehr oder weniger) Kontakt mit meinem Vater zu haben, schmerzt natürlich, aber ebenso sehr ist es auch befreiend - wird dadurch doch die Realität, der Tod meiner Mutter, in nebelumwobene Ferne gerückt, wenn auch freilich nur für kurze Zeit.

Nun aber hielt ich dieses Papier in – tatsächlich – beiden Händen. Die eine Hand musste jetzt sehr gut auf die andere achten, dass sie nicht das Papier einfach in den Mistkübel verschwinden und somit versuche, Mutters Tod ungeschehen zu machen, denn er *war* nun einmal Tatsache. Tatsache und *Todsache* und nicht mehr länger mittels billiger Tricks aus meinem Leben zu verdrängen. Meine beiden Hände hielten also, einander einig und scheinbar gegen mich verbündet, das Fax und schoben es mir ganz nahe vor meine Augen.

Meine Mutter ist also tatsächlich tot, ist nicht auf Urlaub, ist nicht auf einer einsamen Berghütte, nein, sie wird dieser Tage *präpariert* für den sogenannten letzten Weg. Sie wird aufgebahrt in einem Eichensarg in einer

Halle mit hässlichem, modernen Kreuz, abscheulichen Kerzenständern, grauenhaften bunten Fenstergläsern und fragwürdiger Wandfarbe, irgendetwas zwischen Gelb und Weißgrau, was aber auch alles eigentlich egal ist, da sie sich...wir uns in diesem Raum ja ohnehin nicht sehr lange und vor allem ohne Konzentration aufhalten werden. Es wird ein Begräbnis sein, wie Begräbnisse eben ablaufen. Einmal noch werde ich ganz nahe bei *ihr* stehen, ganz nahe am verschlossenen Sarg stehen und eine Rose darauflegen. Ein natürlicher Schutzmechanismus wird meiner Phantasie die Vorstellungskraft, dass meine Mutter in diesem *Behälter* liegt, ganz einfach entziehen.

Was *ist*, wird sich langsam erst in mir entfalten, wie eine dunkle, Blume mit schwarzen, blutenden Blüten, die ihre Wurzeln sich in mein Inneres durchbohren lässt.

Ich werde da sein, meine liebe Mutter. Und ich werde Blumen auf Deinen Sarg legen. Bunte Blumen. Unzählige. Ehe ich mich von Dir und in mich kehre.

Sekundengedanke

Die eigentlich erwartete Nachricht hatte mich momentan derartig schockiert, sodass ich das Fax zusammenfaltete, in meine Tasche steckte und samt Kaffeefleck das Hotel verließ. Ich brauchte frische Luft. Ja, alleine schon aufgrund der vergangenen Nacht. Der halbe Espresso hatte gutgetan und seine Wirkung nicht verfehlt. Unweigerlich musste ich an Antonios Vergleich mit dem *kurzen aber intensiven* Leben denken. Natürlich erhebt sich bald die naheliegende Frage der Definition *kurz/jung*. Wie fast alles im Leben ist auch diese Frage sehr relativ zu beantworten.

Antonio zum Beispiel, schätzungsweise Ende zwanzig, Anfang dreißig. Zu alt, um jung zu sterben? Obwohl mir dieser Frage auf der noch pelzigen Zunge lag, beschloss ich, einen großen Bogen, ohne deswegen aber in den Kanal zu plumpsen, um Antonios Caffè zu machen. Ich bezweifelte zwar ohnedies, dass er schon im Dienst sei, denn es war tatsächlich erst gegen 9:00 gewesen, aber möglich ist ja alles, noch dazu in Italien.

Mein vierter Tag in Venedig hat also mit Kopfschmerzen, etwas Espresso, einem Fax meines

Vaters (immerhin: der erste Kontakt seinerseits) und einem riesigen Umweg um Antonios Caffè, das ja in Wirklichkeit nicht das seine war, das ich aber stets so nannte, weil ich mir den dreiteiligen Namen des Caffès einfach nicht merken konnte, begonnen.

Ich stand am Canale Grande, schloss meine Augen, griff nach dem Stück Papier in meiner Tasche, zog es heraus und übergab es dem Wasser. Jetzt erst öffnete ich meine Augen. Ein Gondoliere beschimpfte mich auf übelste Weise, denn auf seinem Paddel klebte das Papier. Selbiges zog er mit schneller Bewegung aus dem Wasser, löste es von diesem, zerknüllte und warf es gezielt zurück ans Ufer, mir direkt vor die Füße.

„O sole mio..." erklang es aus erstaunlich weiter Ferne.

„Oh, soll er mich doch..." hallte alsbald die Antwort in meinen Gedanken.

Der Gondoliere hatte die eingebüßte Zeit mit Vorzug eingeholt, verschwendete keinen Gedanken mehr an mich, an das Papier im Wasser, wie er wahrscheinlich generell für keine Person in seiner Gondel jemals auch nur einen *Sekundengedanken* opfert.

Noch ehe Venedigs Häuser untergehen, wird seine Kultur versinken.

Ich entfaltete andächtig und sorgsam den nassen *Todesnachrichtenknäuel*, streifte ihn an der nächsten Hausmauer glatt, beobachtete dabei einen vorbeihuschenden Gecko, und ließ das Papier, das sich sonnend an die Hausmauer heftete, an ebendieser zurück, ehe ich mich auf meinen Weg machte. Könne man doch seine Sorgen auf so einfache Weise hinter sich zurücklassen, dachte ich. Wohin solle es nun gehen? Am 23. Juli musste ich also spätestens in Wien sein. Mit dem Nachtzug wäre ich gegen 8:00 in Wien, könnte also noch heimfahren und mich *gemütlich* umziehen. Den Weg nach Stammersdorf würde ich wahrscheinlich mit einem Taxi bestreiten. Warum *es* nur so lange dauert, frug ich mich. Noch ein paar Tage warten. In anderen Ländern würde innerhalb von drei Tagen begraben. In Polen sei dies zum Beispiel der Fall, wie mir Hania erzählte.

Der Tod eines geliebten Menschen ist fraglos immer eine Tragödie und kann einen schon durchaus mal an den Rand der Kapazität, der Lebenslust, des

Lebenswillen bringen.

Den Tod zu verarbeiten, braucht es ja oftmals ohnehin ein Leben lang, doch für mich ist die schlimmste Zeit immer die Zeit des Wartens gewesen. Also, die Zeit *zwischen* Todestag und Begräbnis. Es ist *nicht mehr leben* und irgendwie auch *noch nicht tot.*

Es ist wie eine Tiefkühlpizza in einer Einkaufstasche: Nicht mehr im Tiefkühlfach, noch nicht im Backofen. Nicht mehr tiefgefroren, noch nicht gebacken.

Es ist wie ein Niemandsland. Ein imaginäres Land zwischen Leben und Tod. Schon weg vom einen, noch nicht angekommen am anderen Ort.

Weniger ist mehr

Die frische Luft hatte mir irgendwie nicht gutgetan. Naja, zumindest ging es mir auf dem Rückweg zum Hotel nicht besser als beim Verlassen desselben. Aber die Luft konnte doch gar nichts dafür, es wäre ungerecht, ihr die Schuld zu geben. Ist es überhaupt gerecht, irgendjemanden – oder etwas die Schuld für Geschehenes zu geben? Und was bedeutet überhaupt das kurze Wort „Schuld"? Was steckt in diesem Wort, was *ver*steckt sich in ihm?

Wer hat Schuld am Kaffeefleck auf meinem Hemd? Wer trägt die Schuld für den nassen, sich nun trocknenden *Totenzettel* an einer venezianischen Hauswand und wer nimmt die Schuld für den Tod meiner Mutter auf sich? Nun, ich bin bereit, auch Schuld auf mich zu nehmen, handle es sich um einen Kaffeefleck oder ein nasses Papier auf trockener Wand, alles also nebensächlich und eigentlich nicht der Rede wert, die Schuld aber für meiner Mutter Tod – wer nimmt diese denn auf sich?

Wer hat meine Mutter auf dem Gewissen? Wer hat meiner Mutter das Genick gebrochen, ihr das Herz aus dem noch viel zu jungen Körper gerissen?!

Niemand will es gewesen sein. Typisch! Passiert ein großes Unglück, will niemand beteiligt daran gewesen sein. Und *doch* ist es passiert. Wie kann ich der Welt noch trauen, wie soll ich sie gar lieben, wenn ich nicht sicher sein kann, wer hier wem das Messer in den Rücken stößt, dreht man sich einen Augenblick nach dem Leben um?

Ich hatte mein Hotelzimmer wieder betreten, freilich mit anderem Gefühl, als ich es verlassen hatte.

Heute Morgen hatte ich ein sauberes Hemd an, hatte einen schweren Kopf und nur den Gedanken an einen starken Kaffee in mir. Hin und wieder, zugegeben, schwirrte auch Hania durch meine Gedanken. Da ich aber diese noch nicht zu fassen imstande war, war auch Hania spätestens am Frühstücksbuffet wieder entschwunden.

Der Tag war wie Hania: jung und unbeschwert. Doch es roch ein wenig nach abgestandenem Kanalwasser, öffnete ich das Fenster, aber diesem Geruch hatte ich mittlerweile durchaus etwas abzugewinnen, ab und an konnte ich – war der Wind günstig – einzelne Töne der Gondolieri, und zudem auch immer wieder das Quietschen der italienischsprechenden Möwen vernehmen. Alles in allem, wie gesagt, also ein sehr angenehmer Morgen in Venedig.

Nun aber betrat ich das Hotelzimmer, nach doch nur sehr kurzer Zeit wieder und nichts war mehr so wie zuvor. Es begann ja schon mit meinem beschmutzten Hemd, das es nicht einmal sauber aus dem Hotel schaffte, steigerte sich mit dem Fax meines Vaters, das mir nun, schwarz auf weiß, endgültig den – längst verdrängten, fast vergessenen – Tod meiner Mutter wieder ins Bewusstsein rief und gipfelte schließlich in der Frage nach der Schuld nach all dem.

Ich betrat also mein Hotelzimmer und hatte noch nichts zu mir genommen, abgesehen von einem halben Espresso und der Information über den Begräbnistermin meiner Mutter, der sich mehr in meinen Magen fraß, als jede Pizza hier im Lande es jemals zustande gebracht hätte.

Ungebügelte Farbe

Mein Hemd ist kaputt, meine Mutter ist tot und Venedig wird auch noch untergehen. Nun, mein Hemd ist mir eigentlich egal. Ja, ich liebte es, es war, man könnte es tatsächlich als solches bezeichnen, mein Lieblingshemd. In ihm fühlte ich mich stets am wohlsten. Dies wird wohl auch der Grund sein, warum ich es auch zu dieser – eigentlich viel zu warmen Jahreszeit- dennoch trage. Es mag blöd klingen, aber es „umarmt" mich, ist immer „um mich" und somit immer „an meiner Seite" - noch viel mehr: an *allen* meinen Seiten. Die langen Ärmel kremple ich einfach hoch. Was tut man nicht...

Es ist blau – weder aber himmelblau noch dunkelblau, mein Hemd. Ich würde es vielleicht als *Zwischending* bezeichnen. *Dimmelbau* oder *hunkelblau*. Es sei, wie es sei, auf jeden Fall IST es. Mein Hemd. MEIN Hemd. Und ich weiß heute noch nicht, ob ich es zum Begräbnis meiner Mutter tragen soll...darf, denn schwarz ist es keinesfalls und mein Vater hat es immer gehasst, nicht nur aufgrund der undefinierbaren Farbe, nein viel eher aufgrund des *unbügelbaren* Materials, welches das Hemd also, auch bei intensiver Behandlung, immer ungebügelt und also ungepflegt aussehen ließ.

Undefinierbare, ungebügelte Farbe...na, ich weiß nicht.

Meine Mutter würde dazu ja schweigen (spätestens jetzt), aber mein Herr Vater...!

Als bestünde das Leben nur aus Farben und Bügelfalten.

Vielleicht war es der sogenannte Restalkohol, vielleicht die momentane Stimmung oder auch der nur der lächerliche Glaube an die Ewigkeit der Jugend, die mich nach durchsoffener Nacht wiederum zur ungeöffneten Weinflasche greifen ließ...

Tatsächlich also öffnete ich am Vormittag, den

Geschmack des Espressos noch im Munde, wieder eine Flasche Rotwein...

In Wien hatte ich einen transportablen CD-Player mitgenommen gehabt und dazu lediglich eine einzige CD, die in diesen Tagen immer und immer wieder hörte. So geschah es auch in diesem Moment, in dem ich die Flasche Rotwein öffnete und mich in den bequemen, geflochtenen Sessel auf dem Balkon niederließ.

Ich öffnete also die Flasche, die ich eigentlich für meinen Vater gekauft hatte, schon am ersten Tag in Venedig, als würde ich ihn nie wiedersehen, ja, als würde ich also mit meinen Eltern ein letztes, „gemütliches" Gläschen Wein zu mir nehmen, eher unsere Wege für immer auseinandergingen.

Ich saß also auf dem Balkon, ein Glas Rotwein in der einen, Papier und Stift in der anderen Hand und begann, mein Leben zu skizzieren, anzudeuten, zu schattieren.

Mein Leben: Man nehme ein Blatt Papier und einen Kohlestift. Eine Skulptur. Eine sich langsam bewegende Figur. Sonne am Höchststand. Eine Figur also ohne Schatten und Farben.

Eine Figur, die nur auf diesem Blatt besteht, und die, regnet es, noch hoffen muss, dass der Regen nicht ihre Kohlestreifen zu einer großen Kohleregenträne sammelt und unachtsam auf den sommersonnenerhitzen Beton fallen lässt.

Ich ließ mich in den nach einiger Zeit nun gar nicht mehr so bequemen Balkonsessel und zugleich in meine Gedanken versinken. Meine Gedanken waren ganz bei meiner Mutter, waren ganz bei dem tiefgefrorenen Körper in der Leichenhalle, waren ganz bei dem ebenso tiefgefrorenen Herzen in meinem durchbluteten, lebendigen Vater. Ich dachte oft an meinen lebendigen Vater, dessen Herz doch so kalt und bereits tot zu sein schien und hingegen an meine tote Mutter, deren Herz wohl immer noch heftig schlug.

Meine Eltern: zur Hälfte lebendig, zur Hälfte tot, dachte

ich. Und ich dachte an den Moment, an dem das tote Herz meiner Mutter im Grab auftauen würde und daran, dass nun eigentlich mein lebendiger Vater das kältere Herz in sich trüge.

Tatsächlich war nicht mein Vater lebendig und meine Mutter tot, sondern mein Vater zur Hälfte nur noch lebendig, wie meine Mutter erst zur Hälfte tot.

Die beiden hätten sich wohl auf halbem Wege treffen müssen, um *komplett* zu sein, dachte ich. Aber, so überlegte ich weiter, der *halbe Weg* würde ein Treffen mitten auf der Kreuzung bedeuten, und das kann schon auch mal durchaus tödlich enden.

Ich trank die Flasche Rotwein beinahe in einem Zug aus, verfasste einige Gedichte, schrieb sie auf kleine Zettelchen nieder, befeuchtete diese und klebte sie an die Hotelwand, ließ auf höchster Lautstärke die Musik aus meinem CD-Player spielen und ließ meine Gedanken und mich schließlich noch vor der mittäglichen Stunde in den Wohnzimmerfauteuil sinken, mit dem Vorhaben, mich daraus nie wieder zu erheben. Zumindest aber nicht VOR der Sonne.

Tag VIER, früher Nachmittag, nicht richtig

72

angetrunken, nicht wirklich ausgenüchtert. Irgendwo da also...Irgendwie also auch wie immer: Nicht da, nicht dort. Nicht schwarz, nicht weiß. Nicht gestern, nicht heute...

(Wieso nur kam mir das ebenso bekannt vor?)

Ja, so ist mein Leben. Es ist nicht weiß, nicht schwarz. Es ist nicht Tag, nicht Nacht. Ist nicht Sonne, nicht Mond. Tausende Seiten ließen sich auf diese Weise beschreiben.

Immer aber hat es dieselbe Bedeutung: Nicht fassbar, nicht da, nicht dort, aber DENNOCH vorhanden....

Ich denke, es....

Irgendwo da draußen, dachte ich, auf dem Balkon und über die Dächer Venedigs schauend, schwirrt wohl meine kleine Hania herum. Ja, natürlich ist sie nicht MEINE, wie ich dachte, aber zumindest auch (noch) nicht SEINE. Wer war dieser Karol eigentlich? Wie konnte ich es mir anmaßen, überhaupt nur schlecht von ihn zu denken, geschweige denn zu sprechen? Immerhin war er doch der Verlobte von Hania gewesen. Sie würde ja nicht grundlos seinem Antrag stattgegeben haben.

Soweit so gut.

Warum aber, schien sie dennoch irgendwie daran zu zweifeln?

Hania, einer zweifelsohne hübschen jungen Frau, wurde von ihrem langjährigen Freunden Heiratsantrag gemacht. Der Traum jedes jungen Mädchen, wie ich denke. Woher also rührt der Grund der Verzweiflung? Ich habe sie freilich nur einen, verhältnismäßig kurzen Augenblick gesehen, dessen bin ich mir freilich bewusst, aber dennoch meine ich, das Wesentliche in ihren Augen gelesen zu haben: IHR Wesen, um es beim Namen zu nennen. Karol hatte also um ihre (süße, zarte, liebe) Hand angehalten, dennoch schien Hania, die bereits JA gesagt hatte, noch einen letzten Fluchtversuch starten zu wollen, indem sie dieses „Spielchen" einfädelte, zudem ganz klar des Wissens, dass ihr geliebter Karol so gar nichts mit Wasser und allem, was damit zusammenhängt, zu schaffen hat.

Karol wiederum, der dies, Hanias Zweifel also, wahrscheinlich geahnt haben mag, traute sich nicht, Hanias Vorschlag zu widersprechen, liebt er sie doch so sehr.

So kamen also zwei Seelen an einem für sie denkbar seelenlosen Ort zusammen:

Hania. Die Geliebte und Liebende, aber auch Zweifelnde, die sich hier, im Schutz der Anonymität, der Menschenenge, sicher fühlt und vielleicht bewusst abgelegene, nur mit dem Boot erreichbare Orte, auswählt, um (nicht) gefunden zu werden, und Karol der seine Hania über alles liebt, so sehr, dass er sogar seine Seekrankheit für einen Moment vergisst, nur um seiner Liebe zu folgen, der vielleicht aber auch einfach nur Liebe mit Gewohnheit leichtfertig gleichsetzt, also gar nicht so sehr an Hania hängt als am Gefühl der – immerhin – ersten oder zumindest ersten ernsthaften Beziehung.

Es ist, wie soll ich es sagen, ich denke, es....

Punkt

Es ist Abend. Es ist tatsächlich Abend, und ich habe nichts mitbekommen von diesem Nachmittag. Nicht einmal meinen angefangenen Satz habe ich beenden können. Ich bin eingeschlafen, und erst vor etwa zehn Minuten aufgewacht. Draußen ist es zwar noch hell, aber dennoch ist es längst schon Abend. Ich höre das Stimmengewirr unter meinem Balkon. Die Stadt ist mit mir erwacht. Nach Regen folgt Sonnenschein. Nach Schlaf folgt Wachsein, nach Tod steht Leben an der Tagesordnung.

Ich glaube ganz fest daran. Ich glaube an jede Bewegung nach einem Stillstand, glaube an jede Farbe, die Schwarz und Weiß und Grau folgt, glaube an jeden Traum, der einer simplen Kinderzeichnung an der Kastenwand folgt, ihr Leben einhaucht. Ich glaube an den Wind nach der Windstille, denn ich habe ihn gespürt. Habe ihn gespürt an meinen Wangen, in windstillem Raum, in windstillem Traum.

Leben, oh....

Wie viele Sätze beginnen wohl genau mit diesen Worten? Was wünschen wir uns nicht alles vom Leben, was wünschen wir uns nicht alles für das Leben, alle wollen wir doch einfach nur leben, doch - EINFACH – ist es bei Gott nicht. Das Leben. Es wird beinahe so oft, genauso leichtfertig, ausgesprochen wie das Wort Liebe.

Es sind die größten Wörter, es ist das Größte!! Wir hören es täglich hunderte Male, in allen denkbaren Zusammenhängen, selten, beinahe nie aber im eigentlichen Sinn: Die Liebe. Das Leben.

Ich liebe. Ich lebe. PUNKT. Nichts mehr, denn damit haben wir längst schon das Höchste, das Größte erreicht. Glücklich, wer dies von sich behaupten kann: zu lieben und zu leben.

Ich kann es von mir behaupten, kann behaupten, zu leben, weil ich liebe, kann behaupten zu lieben, weil ich lebe. Mehr will ich nicht, denn MEHR ist nicht möglich am Gipfel. Nur noch die Sterne liegen über mir, und diese sollen unberührt bleiben. Wir alle brauchen schließlich Träume....

Das letzte Bild

Ich sitze soeben wieder im Caffè meines Vertrauens. Antonios Caffè. Übermorgen Abend werde ich in den Nachtzug nach Wien steigen. Morgen also endet der „Urlaub". Ich frage mich natürlich, ob es eher ein Urlaub vom Leben oder vom Tod ist. Wie auch immer –

am Dienstag, werde ich also in Wien ankommen, und zum Begräbnis meiner Mutter nach Wien-Stammersdorf fahren. Tatsächlich „begraben" habe ich meine Mutter aber längst schon hier in Venedig, in jedem einzelnen *lebendigen* Moment. Meine Mutter ist hier in jeder Welle, in jedem Sonnenstrahl, in jedem Schluck Cappuccino wahrzunehmen. Soll ich wirklich nach Wien reisen, um totes, kaltes Fleisch und Knochen in noch *totere* und kältere Erde versinken zu sehen, oder soll ich hierbleiben, wo warmer Kaffee lauwarme Gedanken und Gefühle umarmt, meine Mutter lebendig sein lässt, ihr Leben einhaucht, sie gegenwärtig sein lässt?

Warum, so frage ich mich, soll ich eigentlich nach Wien reisen? Will ich denn überhaupt den Sarg meiner Mutter, den mein Vater für sie ausgesucht hat, sehen? Will ich denn den Moment erleben, in dem ich vor dem Sarg meiner Mutter stehe? Wie bereits erwähnt, ist dieser Moment zu gleichen Teilen real wie abstrakt. Soll dies das *letzte Bild* sein?

Ich denke hier nur an das Begräbnis meines Onkels, der weit über 100 Kilogramm wog. Als die, scheinbar, nichtsahnenden Sargträger den Sarg vom Wagen heben wollten, gingen zwei Träger etwas in die Knie, weil sie offensichtlich nicht mit derartiger Last gerechnet hatten. Sie hatten es freilich gleich unter Kontrolle, dennoch blieb dieses Bild fest in meinem Kopf verankert. Es war plötzlich – abgesehen von den ohnehin gegebenen makabren Gegebenheiten – noch viel makabrer. Es war so reell, es

war TATSACHE. Alles, was man als Trauergast auszublenden versuchte, wurde wie durch ein Gegengift „aufgehoben". Der Bruder meines Onkels stand dem Ereignis meinem Empfinden nach um nichts nach. In seinem Fall scheiterte es wohl am „Format" des ausgehobenen Grabes auf einem neuangelegten Waldfriedhof, weshalb der Sarg nicht waagrecht in die Erde gelassen werde konnte, sondern leicht schräg, und dies Kopf über.

Will ich also zum Begräbnis meiner Mutter kommen? Nein! Muss ich? Ja! Freilich MUSS ich. Da gibt es nicht nur meinen Vater. Da gibt es einfach zu viele Familienmitglieder. Nicht zuletzt meine Großmutter, die, nur ein paar Monate nach ihrem Mann, meinem Opa, dem Vater meiner Mutter also, ihr eigenes Kind zu

Grabe tragen muss. Ich weiß, dass sie es nicht überleben, dass sie meiner Mutter, ihrem Kind, sehr bald folgen wird. Was hält sie auch noch? Ich kann es verstehen.

Ich habe es in meiner Familie vielmals beobachtet: Stirbt ein Partner, eine Partnerin nach vielen Jahren Ehe, Beziehung, so ist es beinahe als gegeben anzusehen, dass der Partner, die Partnerin nach spätestens 18 Monaten folgt. Diesbezüglich sind alleine in meiner Familie sieben Todesfälle zu verzeichnen, und dies alleine in den letzten zehn Jahren.

Futter und Wasser

Zu vieles habe ich der Welt noch zu sagen, um jetzt schon gehen zu können.

Natürlich weiß man nie, wann man den letzten Kaffee trinken, wann man zum letzten Mal seinen x-mal gesehenen Lieblingsfilm sehen wird, wann man zum letzten Mal einen Menschen umarmt oder zum letzten Mal schlafen geht. Irgendwann ist alles zum ersten, irgendwann zum letzten Mal. Zum Glück wissen wir über diesen Moment nicht Bescheid, denke ich.

Mein bester Freund hingegen konnte und wollte sich diesem Druck der Ungewissheit nicht aussetzen, weshalb er „einfach" einen – seinen ganz persönlichen - Todestag festlegte und sich, seinen Tagebuchaufzeichnungen zufolge, auch tatsächlich „pünktlich" aus dem Fenster zu Tode stürzte. Viktor wollte immer schon „alles nach Plan" leben und schließlich starb er auch danach. Am Vortag seines Selbstmordes hatte er feinsäuberlich all seine Rechnungen beglichen, ja, sogar alle Zimmerpflanzen gegossen. Seiner Katze hatte er die Türe offenstehen gelassen, zudem war für Wasser und Futter gesorgt.

Doch was helfen Futter und Wasser, wenn das Herz zerschmettert am Grunde des Lichthofes liegt? Die Katze starb nur wenige Tage später. Sie war vom Fensterbrett in denselben Lichthof abgestürzt und hatte sich dabei das Genick gebrochen.

Eigentlich ja offensichtlich nicht gestört werden wollend, (Kopfhörer, Laptop) und dennoch: Antonio. Auch ER scheint sich wieder erholt zu haben. Jedenfalls arbeitet er heute wieder, was bedeutet, dass ich mich spätestens nach dem zweiten Glas (wovon auch immer) verabschieden muss. Ich bewege mich diesmal NICHT außerhalb des „Kreises", der NORM, verhalte mich also unauffällig, trinke italienischen Rotwein, nicht ohne vorher einen Espresso getrunken zu haben, und schaue in die Sonnenuntergangswellen.

Ich muss für heute beenden...Antonio kommt herüber....

Zu leben, kann so schön sein, sieht man vom Leben ab.

Dem Licht entwichen.
Dem Licht,
dem ewiglichen.

Sie brennt, die Schwärze.
Sie brennt
sich in mein Herze.

Der Nacht entgegen.
Der Nacht
am Tag erlegen.

Es rennt, mein Leben.
Es rennt
durch finst´re Gräben.

Das Licht beherzt es.
Das Licht-
im Auge schmerzt es.

Montag

Hellblauer Buntstiftstrich

So also erwache ich an Tagen, die nie die Nacht umarmten. Entwurzelte Tage. Sie leben für den Moment, brauchen keine Erde und kein Wasser. Der Tag ist ja kurz. Entwurzelte Pflanzen, Blumen, den Boden unter sich verloren habend, namenlose Buchstabenansammlungen fragen nicht nach dem

Morgen. Sie wollen nicht wissen, wann die Sonne morgen aufgeht, werden sie doch nicht einmal mehr den Oktoberherbstsonnenuntergang erleben. Welchen Vormittagssterbenden kümmert der Abend? Wen Kümmert der Freitag, wenn er den Donnerstag nicht überleben wird? Wen kümmert der hellblaue Buntstiftstrich unter dem schwarzen? Wen kümmert das Leben, den Tod vor Augen?

Zwischenstand

Der Stand der Dinge (mal abgesehen von emotionellen Gegebenheiten):

-Morgen Abend reise ich zurück nach Wien, um übermorgen dem Begräbnis meiner Mutter beizuwohnen.

-Antonio bat mich um einen Gefallen (dazu komme ich gleich), den ich ihm nicht ausschlagen konnte und wollte.

-Hania geht mir nicht aus dem Kopf.

-Meinen Vater habe ich bis heute nicht persönlich erreicht.

Drei Wege

Es war dann doch noch ein kurzer Abend und eine lange Nacht. Aber der Reihe nach: Antonio peilte geradewegs meinen Tisch an, und ich wusste, was dies bedeuten würde, weshalb ich auch meinen Laptop gleich abschaltete. Meine Vorahnung sollte mich nicht täuschen…

Ob ich denn auch zwischendurch einen Espresso getrunken hätte? - wollte er, Antonio, wissen. Schließlich befördere zu hoher Alkoholgenuss jeden Mann an die immer selbe Lichtung, von der aus nur drei beschilderte Wege wegführen:

1. Espresso, Espresso, Espresso.

2. Kontakt (wie auch immer geartet) mit Polizei oder Frauen (ja, er setzte es gleich).

3. „Totalschaden = Gedächtnisverlust = Gehe zurück zum Start!

Schnell also bestellte ich einen (man will ja sichergehen) gleich doppelten Espresso, den Antonio auch alsbald derartig schwungvoll auf den Tisch landen ließ, dass davon schließlich ohnehin nur mehr höchstens *ein*

Espresso übrigblieb. (Ob ich in diesem Lande jemals einen Espresso zur Gänze trinken würde?) Antonio und sein Geschirrtuch nahmen ungefragt an meinem Tisch Platz und noch ehe *ich*, weil Ruhe haben wollend, *nichts* sagen konnte, sagte Antonio nichts, begann also als Erster, demonstrativ zu schweigen. Vielmehr saß er mir grinsend gegenüber, so, als würde er die Wirkung seines Zaubertrankes abwarten, von meinen Augen ablesen wollen. Ich schlürfte also brav an dem noch viel zu heißen Espresso, spülte ihn mit einem Schluck Rotwein hinunter und blickte ebenso schweigsam-provozierend in die dunklen Augen meines Gegenübers. Schweigen im Wald – und das in Venedig. Wird er nun endlich das Schweigen brechen? - schwirrte es durch meinen Kopf. Er mag meine Gedanken wohl gelesen haben, dachte ich mir, als er nun endlich zu mir sprach: „Also gut, ich verliere, damit Du gewinnen kannst – ich spreche zu Dir – zu viel liegt mir auf der Zunge."

Was ihm denn auf der Zunge läge, wollte ich wissen.

Antonio schaute mich mit noch nie gesehenem Blick an.

Was wollte er mir nur sagen?

Kein Funken seines typischen Sarkasmus´ leuchtete am

Fragezeichenhimmel, kein Strahl seiner satirischen Sonne querte meinen Blick, kein Antonio, wie ich ihn bisher kennengelernt hatte, war wiederzuerkennen. Ich saß schließlich also vor meinem geschummelten leeren doppelten Espresso, einem leeren Weinglas vor einem Geschirrtuch, das schön säuberlich zusammengefaltet auf dem Tisch, zwischen leeren Gläsern und Tassen lag.

Antonio orderte bei seinem Kollegen zwei doppelte Grappa auf seine (also aufs Haus) Rechnung, erhob schließlich das Glas und sah mich mit den Augen eines italienischen Straßenköters an. Ich wusste, dass diesem Blick sogleich eine Frage folgen würde.

Und da war sie schon...

Er erzählte mir in (ihm möglich) kürzester Version die Geschichte seiner Eltern, von der Geburt in Albaredo und dem spontanen Geburtshelfer aus Kärnten. Da Antonio sich nicht sicher war, was genau von dem Gespräch der Vornacht hängen blieb, erzählte er zur Sicherheit nun die Geburtsgeschichte noch einmal – ins Detail! Wie auch immer: Dass Dr. Anton Braunspuettel bei der Geburt durch Zufall dabei war, dass Antonio ihm seinen Namen verdanke und dass er sogar eine Zeit lang bei seinem *Onkel* in Villach verbracht hatte, wusste ich ja, aber dass seine liebe Mutter, Gott hab sie selig, mit ebendiesem Doktor aus Villach eine Affäre hatte, der schließlich eine in einer einundzwanzigjährigen Ehe endenden Beziehung folgte, wie Antonio betonte, hatte dieser mir beim letzten Treffen dezent verschwiegen.

Mama Rosetta verstarb demnach vor einem halben Jahr auch nicht in Bella Italia, sondern im österreichischen Villach.

Kontakt habe es freilich bis kurz vor Mutters Tod gegeben, aber dem Begräbnis *durfte* nicht beigewohnt werden, Papa Luigi und seine drei erzkatholischen Schwestern hätten dies nicht zugelassen.

Nun, ich wusste mittlerweile vielleicht doch schon mehr über den Kellner meines Vertrauens als mir vielleicht lieb gewesen war. Wie sich aber schnell herausstellte, war Antonio, oder zumindest ich für ihn, weitaus mehr als eine „geschäftliche Beziehung", denn er bezeichnete mich nicht nur einmal als seinen Freund – als seinen besten sogar.

Dies ehrte mich freilich, machte mich zugleich aber traurig, denn wie konnte es schließlich sein, dass ein Kaffeehausgast der beste Freund ist und zudem machte es mich auch etwas nachdenklich, um nicht zu sagen ängstlich: denn...da würde wohl noch etwas kommen, das man vom immerhin besten Freund schon erwarten könne.

Da stand ich also schon wieder, das zweite Mal an einem Abend, in nur einer halben Stunde: die Lichtung mit nur drei Wegen (kein See weit und breit), die von ihr wegführen...

Nur...diesmal hatte nicht ICH zu wählen, welcher Weg zu begehen sei...

Um es kurz zu machen: Antonios Mutter Rosetta war also vor einem halben Jahr verstorben, und wurde in Villach, im Familiengrab des Dr. Anton Braunspuettels, ohne Antonios Beisein beigesetzt. Mit seinem Namensgeber hatte er aus einem schlichten Grund keinen Kontakt mehr: Dr. Braunspuettel war 18 Monate vor Antonios Mutter bereits verstorben.

Worauf Antonio hinauswollte, war mir natürlich längst klar. Er wollte das Muttergrab besuchen und erhoffte sich meine Begleitung. Genau diesen Wunsch hat Antonio dann auch ausgesprochen und ich hätte diesen doch sehr persönlichen Wunsch unter anderen

89

Umständen wahrscheinlich, nein, sogar sicher abgelehnt.

Hier aber frug eine Halbwaise einen Halbwaisen, ihm zu helfen. Ein Mensch, der seine Mutter verloren hat trifft auf einen Menschen mit demselben Schicksalsschlag. Der eine bittet den anderen um Hilfe und der andere hilft natürlich. Verschiedene Geschichten, verschiedene Namen, verschiedene Beweggründe...dasselbe Schicksal....

Ich sagte Antonio zu, auf meinem Heimweg in Villach zu unterbrechen, um ihn zu begleiten.

Sanfter Flügelschlag

Da Antonio wieder Dienstschluss hatte (ich frug mich, wann er denn eigentlich arbeiten würde), war der Ausgang des restlichen Abends, Hand in Hand gehend mit dem Beginn der angehenden Nacht, besiegelt. Antonio wollte mit seinem besten Freund ein Gläschen auf die Freundschaft, auf die verstorbenen Mütter und auf die laue Nacht trinken. Auf die Reihenfolge will - nein – kann ich mich leider nicht mehr festlegen- feststeht, dass neben den genannten Gründen noch viele, viele andere folgten. Es war, wenn man so will, die Nacht der Erinnerungen, der Seligsprechungen, der Sentimentalitäten, der Traurigkeit, der Heiterkeit, der Fragen nach dem Sinn des Lebens und der Frage, wo man um diese Uhrzeit wohl noch einen Joint herbekäme....

Antonio lud mich in seine nahegelegene Wohnung, die direkt am Canale Grande lag, ein. Es war die Wohnung seiner – im Laufe der Nacht selig gesprochenen – Großmutter, die sie vor mehr als einem halben Jahrhundert gekauft hatte, und ihrem einzigen Enkel Antonio (himself) vor Jahren vererbt hatte. Die Wohnung lag im obersten Stock eines wunderschönen Hauses. Der Eingang war in einer kleinen, auf den Canale Grande zulaufenden Gasse. Unscheinbar irgendwie, zumal das Gässchen nur spärlich beleuchtet war. Das Stiegenhaus war noch unscheinbarer und dunkler und ich hatte große Mühe, auf diesen kleinen Stüfchen Halt zu finden. Es war nicht nur dunkel, sondern auch ziemlich steil und eng. Alles roch irgendwie nach einem alten, weinviertler Weinkeller, in dem statt Weinfässern Fische gelagert würden. Was

91

würde mich also erst am Gipfel erwarten?

Und da standen wir auch schon davor. Am Gipfel, der sich als dunkelgrüne, auf den ersten Blick (soweit erkennbar) neun bis zwölf Mal lackierten Türe erwies. Ich liebte diesen Moment. Es war kein Anblick, den Touristen je zu Gesicht bekommen würden. Auch ich war verwöhnt von meinem Hotelchen, das da an einer belebten Gasse lag und lange nicht mit seinen *Mithotels* mithalten konnte, ja, das da vielleicht in stillen Herbstnächten selbst davon träumte, einmal auch so ein Sternchen über dem Eingang tragen zu dürfen. Ich liebte es aber...oder gerade deswegen, mein kleines Hotel, weil es so war wie es war.

Ich brauche keine Sterne über einer Türe...bin ich doch schon genug damit beschäftigt, die Sterne am Himmel zu zählen.

Antonio schloss die Türe auf, und ich war in einer anderen Welt. Noch im Stiegenhaus stehend sah ich durch die dunkle Wohnung die Lichter des Canale Grandes. Es war ein magischer Moment, schwer zu beschreiben. Man kennt es vielleicht von einem heftigen, schweißtreibenden Anstieg auf einen Berg oder so, wo man dann endlich den Gipfel erreicht und den Ausblick, den wunderschönen Ausblick, wortlos, weil des Atems beraubt, genießt. Man spürt das Herz aufgrund der Anstrengung noch heftig pochen, die Hitze steigt einem aus dem Kragen und dann...dieser Ausblick. Es ist, als schwebe man über all den Dingen, über all den Köpfen, den Dächern, als schwebe man über der Menschheit...mit sanftem Flügelschlag....

Fensterlade

Antonio bat mich in seine Wohnung, und ich war derartig angezogen vom Licht vor den Fenstern, dass ich weder die Türe hinter mir schloss noch mich bedankte. Ich durchschritt das Vorzimmer, wandelte durch das dahinterliegende Wohnzimmer und trat auf den Balkon, auf dem Antonio mit einem Glas Rotwein wartete. Feinfühlig, wie er war, machte er kein Licht an. Die Wohnung war ohnehin durchflutet von sanftem venezianischen Laternen an den Hauswänden der Kanalhäuser.

Ich habe einen Freund gewonnen – schoss es mir durch den Kopf. Ja, Antonio war tatsächlich irgendwie ein

Freund geworden. Zumindest würde ich ihn viel eher als solchen bezeichnen, als den *Kellner meines* Caffès *ums Eck.*

Das Ende einer Freundschaft, einer Beziehung ist ja sehr oft ganz klar festzumachen, aber der Anfang einer wie auch immer gearteten Beziehung ist ja gewöhnlich fließend. Wie oft schon waren Bekannte plötzlich längst schon Freunde, war eine gute Freundin nicht längst schon viel mehr als das? Wie oft schon habe ich versucht, eine Person, eine Beziehung zu definieren...und wie oft schon habe ich festgestellt, dass *alles ganz anders* ist, als je erwartet!? Das ist das Schöne...diese Spannung, der Moment, wenn man eine Fensterlade öffnet und hinausblickt, ohne im Vorhinein zu wissen, was einen erwartet.

Wort

Antonio verlor sich nach und nach (also Glas nach Glas) wieder in seiner Muttersprache, und so verstand ich nicht immer alles von dem, was er mir so unbedingt erzählen wollte, aber dem sogenannten roten Faden konnte ich noch folgen, dank Antonios Gestikulation, die mir beim heimlichen Ratespiel doch schon erheblich geholfen hatten. Auf diese Weise erfuhr ich dann doch noch sehr viel über seine Großmutter und Eltern, allen voran seine jüngst verblichene Frau Mama Rosetta Braunspuettel, geborene Lombardini.

Da schaute ich also hinab auf den Canale Grande, ein Glas Rotwein in der Hand, der Laternen Licht in den Augen und Hania im Kopf.

Von „da oben" war alles irgendwie sehr viel klarer. Was will der Mensch eigentlich, schoss es mir (noch vor dem Alkohol) durch den Kopf. Was will der Mensch, um glücklich zu sein, was braucht er, um unglücklich zu sein?

Ich lehnte mich auf meinen geflochtenen Sessel zurück, blickte über die Dächer Venedigs, und dachte über mein Leben nach.

Mit welchem Wort würde ich mein Leben beschreiben? Welches Wort wäre – dürfe man sich wirklich nur für EINES entscheiden- jenes, welches mein momentanes Leben am besten beschreibt?

Ich dachte an die begonnene *Geschichten* Mutter, Hania, Antonio...dachte also an begonnene *Momente*, die alle doch nur um eine Weiterführung, schlimmstenfalls um ein Ende bitten und betteln.

Ich bin in einem Niemandsland, bin losgereist und noch nicht angekommen, bin nicht mehr da und noch nicht dort. Wo ich im Leben stehe...? Nirgends! Ich *schwebe* über ihm ... dem Niemandsland.

Fäden

Scheinbar dürfte ich zumindest die letzten gedanklichen Worte doch laut ausgesprochen haben, denn Antonio setzte sich mir gegenüber, nippte dezent aus seinem venezianischen Gläschen an seinem Rotwein, ehe er zu mir sprach...

Er verstehe freilich nicht alles, was ich da spräche – und dies läge viel weniger am Sprachverständnis, als an der schlichtweg mangelnden Information, so er.

Da er, Antonio, aber auch gar nicht mehr auf meine Lage eingehen wolle, versuche er, eine Geschichte eines Gastes, der einen Tag zuvor in seinem Caffè über Stunden gesessen hatte und mit dem er, ja, er *beichtete* es *förmlich*, tatsächlich auch eine Nacht durchgemacht habe, zu erzählen. Was er mit dieser Geschichte sagen wolle? - nun, dies habe ihn irgendwie doch sehr bewegt und aus irgendeinem Grunde denke er auch, dass sie seinen besten Freund – mich also – ebenso bewegte. Jedoch, in welche Richtung?

Antonio erhob sich schwungvoll, verschwand unentschuldigt im Wohnzimmer und kehrte nach nur einer geschätzten viertel Minute mit einer neuen Flasche Rotwein in seiner Hand wieder auf den Balkon zurück. Mit einer jugendlichen, mich zum Austrinken bewegenden Geste, forderte er mich eben dazu auf, ehe er sich wieder in seinen Korbsessel fallen ließ. Ich folgte wortlos des Gastgebers Forderung, stellte in die Mitte des kleinen venezianischen Tisches mein Glas, das alsbald wieder gefüllt war...

„Bene allora"...Antonio kreiste sanft mit einem scheinbar seidenen Tuch um den Flaschenhals, ehe er die sich dadurch leicht drehende Flasche endlich losließ und, sich wieder auf meine Sprache konzentrierend, erzählte....

„Gestern hatte ich eine komische Begegnung – freilich hatte ich schon viele komische Begegnungen, aber diese war doch noch mal mehr als das....Warum? Du fragst mich wirklich, warum?? (ich saß Antonio zwar wortlos gegenüber, aber dies nur nebenbei). Nun, ich will es Dir erzählen...

Mir gegenüber – denn ich hatte mich nach Dienstschluss diesem jungen Mann gegenübergesetzt gehabt – saß also eben erwähnter junger Mann, der meiner Muttersprache nur sehr spärlich mächtig war. Zudem war er auch ziemlich angetrunken und deprimiert. Anfangs war mir noch unklar, welcher Zustand aus welchem resultieren würde. In jedem Falle aber, so dachte ich, kann ein Gläschen Grappa nur helfen...

Warum er denn nächtens so lange herumsäße – zudem bei Cola-Whisky - wieder einmal (Antonio richtete seinen strafenden Blick dabei auf mich, nicht ohne mich dabei liebevoll mitleidig anzuzwinkern).
Antonio hatte sein Glas scheinbar schon geleert, denn er erhob sich, begleitet von Korbstuhlknarren, aus seinem Sitz, schenkte zuerst mir, und dann auch sich noch einmal das Glas voll ein, ehe er sich wieder setzen konnte...denn ich bat ihn um Musik, egal, welche.

Zugegeben – es gibt da zwei Themen, derentwegen ich schon mal lästig werden kann. Zum einem ist dies die *richtige* Beleuchtung. So liebe ich Mondlicht, Kerzenlicht und höchstens sehr dezentes, wenn möglich, in Orange gehaltenes Licht.

Nun, die Beleuchtung hatte sich an diesem Abend wie von selbst geklärt, weshalb nur mehr die zweite, die musikalische Komponente relevant war. Ich weiß, ich bin da sehr eigen und ich akzeptiere auch gelegentlich mal ein NEIN, aber unversucht lasse ich es zumeist eben nicht.

Antonio, meine ernsthafte Absicht wohl registriert habend, lenkte auch sogleich ein und bewegte sich ein weiteres Mal in den dunklen, spärlich eingerichteten Wohnraum seiner Venedigkanaldachwohnung, nur um dann erstrecht aus der Finsternis nach einem Musikwunsch zu schreien.

Nun, natürlich hätte ich genügend Ideen gehabt, doch genau diese wollte ich in diesem Augenblick nicht beim Namen nennen. Nein! Antonio solle die passende musikalische Untermalung finden, oder zumindest durch Zufall spielen.

Meine Knochen erstarrten, als ich die Anfangstöne von *Era bella* vernahm. Bei diesem Lied hatten meine Eltern in Italien einander kennen- und lieben gelernt. Dieses Lied war es schließlich auch gewesen, welches sie zum Altar geleitete, und ebenso einer der Gründe, weshalb sie Italien so liebten.

Dass ich in Italien *entstanden* war, durfte ich bereits zu meinem zehnten Geburtstag erfahren. Dies mag wohl auch der Grund dafür gewesen sein, warum sie meinen deutschen Vornamen stets *veritalienischten,* was ja nicht schwierig war.

Antonio setzte sich also wieder zu mir auf den Balkon, hatte gleich eine neue Flasche Rotwein mitgebracht, ehe er weitererzählte....

„Der junge Mann mit seiner ganz eigenen Geschichte. Er hätte sich mit seiner Verlobten ausgemacht, gemeinsam nach Venedig zu fahren, am Ankunftsmorgen jedoch getrennte Wege zu gehen und alsdann nicht mehr nacheinander Ausschau zu halten.

Sollten sie einander begegnen, was in Venedig ja so gut wie unmöglich sei, so sei die gemeinsame Zukunft von Gott gewollt und also besiegelt, andernfalls jedoch sei der gemeinsame Weg wohl doch nicht von Gott skizziert, vorgezeichnet. Die Reinzeichnung bliebe ja zumindest doch noch an einem selbst hängen, so der Gast. Drei Tage nur blieben für diese *Lebensprüfung*, übrig."

Antonio sah mich mitleidig (sein Blick galt dem vermeintlichen Gatten) an und ich war sprachlos. Nicht die Geschichte bewegte mich, denn diese kannte ich ja bereits, nein, es war die Situation an sich, der Zufall. Das Schicksal. Die Geschichte *um* diese Geschichte.

Sollte ich Antonio erzählen von Hania, von IHRER Sicht der Dinge. Sollte ich ihn fragen nach der Adresse, nach dem Hotel des *jungen Mannes*, auch Karol genannt?

Sollte ich versuchen, die Fäden in die Hand zu nehmen, oder vielmehr versuchen, sie zu durchschneiden?

Fragen über Fragen, die momentan meine Gehirnwindungen durchfuhren, als wollten sie es all den Gondeln Venedigs in den unzähligen Kanälen gleichtun. Mir wurde schwindelig und ich konnte das Schwanken der Gondeln in meinem Bauch spüren. Antonios Stimme verlor sich im Wind der Gedanken, um in den Klängen *Era Bellas* auf meinem Herzen zu landen.

Nachtgesang legt sich schwer
auf die Seele mein.
Will ein Freund mir sein -
setz´ mich doch zur Wehr.

Glockenklang aus der Gruft
fährt mir tief ins Ohr,
hell wie nie zuvor,
schnürt mir ab die Luft.

Dienstag

Namensfindung

Irgendwann habe ich mehr als nur zwei Stimmen um mich vernommen, obwohl ich ja nur mit Antonio auf dem Balkon war. Ein Zeichen für mich, langsam den Heimweg anzutreten, wie ich dachte. Dass dies natürlich kein Thema sein würde, stellte ich spätestens fest, als mein Gastgeber mir provokant eine neue Flasche Rotwein in den Weg stellte.

„Du willst doch sicher etwas dazu sagen?!!", fügte er schnell hinzu.

Nun, tatsächlich hatten sich mittlerweile ein paar Fragen aufgeworfen...

Da hat Antonio nun also von seinem Gast erzählt, und

dies ausgerechnet mir, bestand doch überhaupt kein - zumindest ersichtlich – Zusammenhang. Nun, dies hatte mich schon etwas verwundert.

Hania hatte mir am Lido ihren Teil der Geschichte erzählt, wie Karol es bei Antonio tat. Zudem erwähnte er auch einmal das Hotel, in dem er sich aufhielt, beim Namen, und Antonio hatte es natürlich gekannt, lag es doch gleich in der Parallelgasse. Antonio und ich hielten also jeweils eines der beiden letzten Puzzlesteine eines großen Puzzles in der Hand. Das schönste Puzzle aber ist wertlos, wenn auch nur ein Puzzlestein davon verloren geht. Es ist nicht zu ersetzen, die Lücke ist nicht zu schließen und bleibt folglich immer sichtbar. Das Werk bleibt unfertig und also letztendlich wertlos. Ob dieses Puzzle jemals an der Lebenswand dieser zwei jungen Menschen hängen würde...?

Ich, der mir die Peinlichkeit ersparen wollte, über eine Weinflasche zu stolpern, was mir garantiert gelungen wäre, beschloss kurzerhand, mich wieder auf den Balkon zu begeben und mich in den Gästesessel fallen zu lassen. Man will ja nicht auffallen, obschon man auffallend sein möchte.

Was mir zu diesem Thema einfiel, kann ich beim besten Willen nicht mehr sagen, aber es muss von herausragender Größe gewesen sein, wurde diese Idee doch schließlich die restliche Nacht betrunken, *betanzt*, gefeiert und gelebt.

Zu schade, dass manche Momente nie genannt werden, nie das Licht der Realität, nie ihr Gesicht liebkosen wird, dass sie ohne Fanfaren und Rosen jämmerlich in den Canale Grande stürzen und darin langsam zu Grunde sinken, bis man ihre ertrinkenden Stimmen nicht mehr zu vernehmen imstande ist.

Ich erinnere mich vage an Antonios Worte, als er sich theatralisch erhob und zum steinernen Balkonzaun (sagt man so?) schritt. Irgendwas von einer tiefblauen Seele, die da im venezianischen Wasser hilflos vor sich hintriebe, war es gewesen. Und weiter die Frage nach dem Verbleib derselben und ob durchnässte Seelen je wieder trocknen würden und was ihnen dazu verhelfen würde oder so. Die, zu dieser Jahreszeit warme italienische Morgensonne, die wärmenden Gedanken an sie oder schlichtweg ein Fön?

Es hatte sich irgendwie schlagartig geändert, unser Gespräch. Und mit ihm auch der Zustand, beziehungsweise eher umgekehrt. Wie schon gesagt, es war Zeit, zu gehen.

Ohne Klang, aber mit Sang, im Stiegenhaus und auf meinem Heimweg, hatte ich also im nächtlichen Venedig Antonios Wohnung verlassen, und mich auf den schwankenden Weg (und dieser war mitunter äußerst schmal) in mein Hotel begeben.

Es muss wohl weit nach Mitternacht gewesen sein, oder eher schon nahe vor Sonnenaufgang, irgendwo dazwischen auf jeden Fall, als ich mein Zimmer erreichte. Zu allererst, das musste ich Antonio, der, entgegen seines Vorsatzes, nicht mehr im Stande war, mich Ortsunkundigen (noch dazu zu dieser Uhrzeit und in diesem Zustand) zu begleiten, tatsächlich versprechen, ihn vom Hotel aus anzurufen. Zu meiner wirklich größten Verwunderung hob Antonio auch noch ab, als ich eine geschätzte dreiviertel Stunde später endlich mein Zimmer erreicht hatte. Nun also konnte er endlich beruhigt (weiter)schlafen. Ich hingegen war innerlich aufgewühlt, konnte keine Ruhe in mir finden. Irgendetwas hatte dieses Lied, das Antonio gespielt hatte, in mir ausgelöst. Freilich, ich kenne es seit Jahren, um nicht zusagen, Jahrzehnten, aber ich hatte es dann

106

doch eine geraume Zeit lang nicht mehr gehört. Ich versuchte mich daran zu erinnern, an den Moment, als ich dieses Lied im Beisein meiner Eltern gehört hatte. Es wollte mir jedoch nicht mehr einfallen. Dennoch war und ist dieses Lied *das* Lied meiner Eltern. Für sie und auch für mich. Was vielleicht das Ungewöhnlichste daran sein mag, ist die Tatsache, dass sowohl meine Mutter als auch mein Vater eigentlich der klassischen Musik zugetan waren. *Du und dein Beethoven*, hatte mein Vater mehrmals in gespielt eifersüchtigem Ton von sich gegeben, sobald meine Mutter wieder einmal eine Schallplatte ihres bereits erwähnten Lieblings aufgelegt hatte. *Der hat* (und sie sprach tatsächlich immer in der Gegenwart von ihm) *schließlich auch viel mehr Temperament als dein Schubert*, hatte sie öfters gekontert, und einmal fügte sie mit einem Schmunzeln noch die Nebenbemerkung *obwohl ja gerade Beethoven der Deutsche ist* hinzu.

Ja, dem Temperament meiner Mutter konnte mein Vater nie ein Gegengewicht auf die Waagschale legen. Kam es, was zum Glück wirklich sehr selten geschah, zu einem wirklich ernsten Streit, so ist es stets mein Vater gewesen, der zuerst die weiße Fahne, und als solche

107

musste schon auch einmal die Rückseite eines Rotweinetiketts herhalten, schwenkte.

Weiße Fahnen dieser Art hätte ich letzte Nacht, in Anbetracht der geleerten Flaschen, genügend zur Auswahl gehabt. Dass nicht eine Einzige in Verwendung kam spricht für Antonio, der schon auch bei Gelegenheit auf seinem Standpunkt verharren kann.

Ich mag ihn, diesen verrückten Kellner, der ja doch schon viel mehr als nur das für mich ist. Er bewegt, nein, er schwebt wohl irgendwo zwischen Bekannt- und Freundschaft.

Den Versuch, Freundschaft oder auch nur Bekanntschaft definieren zu wollen, will ich aber erst gar nicht wagen, denn ich denke einerseits, dass ich jetzt erst einmal einen wirklich starken Kaffee brauche und andererseits, dass es wirklich schwierig ist, dies zu definieren. Eine Freundschaft definieren? Natürlich kein Problem. Aber den Beginn derselben zum Gegenstand einer Definition zu machen, will und kann ich, wie bereits erwähnt, nicht wagen. Ich denke sogar, dass jeder Versuch, egal ob Freundschaft oder Beziehung, definieren zu wollen, *alles* nur zerstören kann und schließlich auch tut. Diese großen Ereignisse verdienen keinen Namen. Nicht aber, weil sie es nicht wert sind, sondern weil kein Buchstabe, kein Wort ihnen je gerecht werden könnte. Bestrafen wir sie nicht mit einem Namen, einer Bezeichnung, einem Stempel auf der neugeborenen Stirn. Ihre weichen Knochen würden nur daran brechen. Sie werden ihren Namen bekommen. Nicht von ahnungslosen Außenstehenden, sondern von jenen Menschen, die sie *geboren* haben, ihnen Leben schenkten, von ihren *Eltern* also.

Unser *Kind* ist noch namenlos....

Schlaf. Viel Schlaf

Meine Mutter liegt sicher schon *bereit*, bewegungslos freilich, und dennoch bewegt sie sich immer näher zu mir, denn der Tag ihres Begräbnisses kommt mir drohend wie ein LKW, auf dessen Spur ich als Geisterfahrer unterwegs bin, entgegen.

Ach, könnte ich doch umdrehen und somit dem Tod, dem Begräbnis meiner Mutter entgehen, ihn ungeschehen machen. Die Realität aber ist taub, kann nicht hören, worum sie gebeten wird. Sie ist zudem ohnehin verbittert, weil niemand sie liebt, sie wahrnehmen, sie umarmen will. Ja, sie erfreut sich am Leid anderer, doch nur, weil niemand ihr eigenes Leid sehen will.

Ich sehe ein letztes Mal auf den Himmel und lasse nun entschlossen das Lenkrad los, weil der Aufprall gegen den LKW ohnehin nicht mehr zu ändern ist...

In meinen Ohren ertönt eine Melodie, die ich schon so oft gehört habe, aber dennoch nicht beim Namen nennen kann. Es ist eine mir sehr vertraute Melodie, ich fühle mich wohl, fühle mich geborgen, umarmt...

Antonio habe ich also, meinem Versprechen nach, das selbiger mir noch im Vorzimmer abgenommen hatte, sofort angerufen. Der Ich-Bin-Gut-Nach-Hause-Gekommen-Anruf war alsdann auch schnell erledigt. Nun, da ich immer noch den Telefonhörer in meiner Hand hielt, hatte ich auch schon den Entschluss gefasst, eine bestimmte österreichische Telefonnummer zu wählen. Und zwar jene des jüngst verwitweten Wiener Professors Hagen, meines Vaters also. Es war weit nach Mitternacht, das wusste ich, und ich rechnete auch nicht mit einem tatsächlichen Gespräch, aber es geschah...

„Mein Sohn, Du rufst mich sehr spät an, aber ebendies gibt mir Anlass zur Annahme, dass dieser Anruf dringlich, um nicht zu sagen, unaufschiebbar ist", sagte mein Vater mit ernsthafter aber ruhiger Stimme.

Wir beide, mein Vater und ich wussten, dass dies ein besonderer Moment, wenn in dieser Zeit nicht sogar *der Wichtigste* sein könnte. Endlich hatte ich ihn erreicht, meinen Vater, und ich hatte doch so viel zu fragen, wie es ihm ginge, wie er zurechtkäme, so alleine, ob ich nicht doch schon früher nach Wien kommen sollte, ihm, meinem Vater beizustehen...tja, und dann waren da noch viel mehr Fragen, die mich noch viel mehr interessierten. Wie es einem Menschen nach dem Tod des oder der Liebsten geht, welche Farbe der Himmel am Morgen danach trägt und welches Lied er für Mutters Begräbnis gewählt hätte....

Ich kann nicht sagen, warum, aber ich schwieg. Keine meiner Fragen, die sich in meinem Kopf auf dem Weg zu meiner Zunge in hohem Tempo bewegten, einander rempelten, nur um schlussendlich übereinander zu stolpern und irgendwo in meinem Hals zum Liegen kamen, schaffte es demnach also aus meinem Körper.

Ich schluckte den Fragenhaufen, der mir fast die Luft zum Atmen nahm, hinunter und atmete tief ein und aus. Mein Vater mag wohl geduldig eine, oder zwei Minuten auf das Ertönen meiner Stimme gewartet haben, ehe er sich mit den Worten „Sei bitte pünktlich, mein Sohn. Ich brauche jetzt Schlaf, viel Schlaf" verabschiedete.

Auch ich brauchte endlich Schlaf, weshalb ich mich auf das Bett fallen lassen hatte, und mit all meinem Gewand, selbst die Schuhe noch am Leibe, wohl sofort einschlief.

Morgen

Als ich schließlich nach dem gar nicht allzu langen Schlaf dann vorhin erwachte, war mir gar nicht wohl. Dies mag natürlich zu einem gewissen Teil dem italienischen Rotwein in die Sandalen zu schieben sein, aber es lag zum größeren Teil fraglos an diesem Traum, den ich hatte. So sah ich meine Mutter, im Sterben, bereits im Sarg liegend. Daneben standen zwei Totengräber mit Schaufeln, die geduldig auf ihr Ableben warteten, nur um endlich den Sargdeckel schließen zu können, und den Sarg im Grab zu versenken....

Ein guter Morgen, wie es, sehe ich von diesem Traum ab, ja auch heute wieder hier in Venedig ist. Die Sonne küsst liebevoll die Dächer dieser Stadt, wärmt mein Herz, das sich so sehr nach ihr streckt, dass es beinahe schmerzt, und gibt meinem Leben wieder Licht. Dass Licht natürlich immer Hand in Hand mit Schatten geht, ist auch im lieblichen Italien nicht zu vermeiden, und gerade hier ist Schatten ja auch oftmals die Rettung in der prallen Mittagssonne.

Ein guter Morgen? Ja! Ein gutes Morgen? Nein!

Morgen ist das Begräbnis meiner Mutter, morgen ist das Wiedersehen mit meinem Vater, morgen ist Venedig gestern und Wien heute, morgen wird das unsichtbare Bild sichtbar. Es ist wie mit diesen Zauberbildern, die ich als Kind hatte. Man malt mit einem Bleistift über das weiße Blatt und plötzlich erscheint ein Bild. Dieses Bild war natürlich auch schon vorher da, aber eben nicht sichtbar. Malt man nun mit einem Stift darüber, so nehmen die sich vom Blatt leicht abhebenden Stellen die Farbe an und werden dadurch sichtbar. Morgen wird mir also ein Bleistift in die Hand gedrückt werden und ich werde so lange zu schraffieren haben, bis meine tote Mutter deutlich zu erkennen sein wird, ich ihren Tod *zum Leben schraffiert* haben werde...

Darf man es lieben, wenn man die Sonne liebt? Darf man die Sonne lieben, während die eigene Mutter diese nie wieder spüren wird und der Vater sie, die das Leben nährende Sonne wahrscheinlich hasst, ihr den Tod wünscht? Darf man lieben, obwohl man trauert? Schließt Trauer Wohlbefinden aus?

Ich sitze mit Kopfschmerzen und schlechtem Gewissen in Antonios Caffè, wie immer es auch nun mal heißen mag, und starre in das kaltblaue Kanalwasser. Vor mir steht ein doppelter Espresso. Hätte ich nur halb so viel Energie wie er, denke ich mir. Neid war aber noch nie meine Stärke, und ohnehin wäre dieser Espresso stärker.

Diesen Geruch liebe ich. Warmen Kaffee, der sich mit salzigem Wasser vermischt. Ich liebe diese Stimmung. Wärmende Sonne, die sich mit Stimmengewirr paart. Und schließlich liebe ich dieses Leben. *Scheinbar* glücklich nur, freilich, aber ich glaube ihm einfach. Ich schließe meine Augen, und wiege mich in Sicherheit, als wäre es das letzte Mal in meinem Leben. Ich wiege mich in das Leben, als wäre ich bei ihm sicher...

Langsam entsinne ich mich wieder der *Vereinbarung*, wenn ich es so nennen darf, die ich einst mit Antonio getroffen hatte. Ich habe ihm ja versprochen, ihn zum Grab seiner Mutter zu begleiten, und, wie mir jetzt erst wieder einfällt, sollte dies auf meinem Wege nach Wien, also heute, geschehen. Eigenartig, dass wir gestern kein Wort darüber verloren haben. Nun, ich war eigentlich auf den Nachtzug nach Wien heute Abend eingestellt, aber vielleicht ist es sowieso besser, Venedig zu verlassen. Insgeheim habe ich ja doch nur gehofft, Hania wieder zu sehen, sie irgendwo durch Zufall zu sehen, ihr schließlich zu *begegnen*. Im Gegensatz zu Karol habe ich ja kein Versprechen abgegeben, *nicht* nach ihr zu suchen. Aber wo sollte es hinführen, was würde, sollte passieren, liefe mir die süße Hania tatsächlich über den Weg? Und sollte ich ihr von Karol erzählen? Nein, ich glaube, es ist Zeit zu gehen. Ich werde den mittlerweile mal wieder kalten und somit grausigen doppelten Espresso freilich bezahlen, nicht aber trinken, und gehen. Viel habe ich ja nicht einzupacken, aber es soll dennoch mit Andacht geschehen.

Und dann ist es Zeit, Antonio anzurufen. Es ist einfach nicht dasselbe, hier zu sitzen ohne ihn. Ein Glas Wasser wäre stärker in seiner Gegenwart, als dieser doppelte Espresso ohne ihn.

Warum Antonio heute Morgen nicht zugegen war? Er hatte schlichtweg, aus bekanntem Grunde, Urlaub genommen. Ich rief ihn vom Münzautomaten an der Bar des Caffès an und tatsächlich hatte Antonio auch gleich am Mobiltelefon abgenommen. Er habe inzwischen seinen Koffer gepackt und sei bereit zur Abreise. Um 9:40 also am Bahnhof?

Mit dem Zug um 9:55 wären wir um 13:11 in Villach und hätten sechs Stunden und drei Minuten Zeit bis zum nachfolgenden Zug nach Wien um 19:14. Es war nicht, wie geplant, der Nachtzug, der mich also am Tag des Begräbnisses gegen 8:30 in Wien ankommen lassen sollte, sondern der Zug, der bereits um 23:35 am Vorabend in Wien landete, wollte ich in Villach unterbrechen. Zwar wollte ich die Nacht vor dem

Begräbnis keinesfalls in Wien sein, in gewohnter Umgebung, die mich erstrecht wieder nur an das Begräbnis am nächsten Tag denken lassen würde, aber für Antonio nahm ich es gerne in Kauf. Zumindest würde ich mich noch ein wenig von der Reise erholen können. Schließlich würde am Tag nach dem Begräbnis ja auch wieder meine Arbeit auf mich warten.

Ich war wirklich erstaunt. Mein Koffer war natürlich auch schnell gepackt und im Moment sitze ich wieder im Caffè, neben mir mein Koffer, vor mir der Laptop, in den ich eben diese Zeilen hineinhämmere. Der Kaffee, den ich diesmal trinke, zeigt gerade seine Wirkung, wie mir scheint. Gleich werde ich ihn abdrehen, den Laptop, denn Antonio, den ich kurzerhand hierherbeorderte, wird gleich da sein. Zusammen werden wir ein Achterl Rot genießen, ehe wir den gemeinsamen Weg nach Österreich antreten werden.

Da kommt er, Antonio....

Villach

Es war ein emotionsloser Abschied von Venedig, und ich war Antonio dankbar. Ich hatte keine Zeit, über die letzten Tage nachzudenken und keinen ruhigen Moment, um vielleicht noch einmal *Era bella* zu hören, oder in Gedanken Abschied zu nehmen von dieser Stadt meiner Eltern, meine*r Kind*heit und schließlich meines Exils, um es brutal und also ehrlich auszudrücken. Wir waren wohl doch zu lange im Caffè sitzen geblieben, denn es folgten, in *alter Gewohnheit*, ein paar Gläser Rotwein, ehe wir den Weg zum Bahnhof antraten. Wenn die Morgensonne ohne Schwimmflügel in Wein taucht, um sich schließlich darin zu baden, so nur um des Augenblicks Willen, denn schwimmen kann sie nicht, dessen ist sie sich bewusst. Aber eine Zeit lang *wird sie ja doc*h getragen. Und ist eine Zeit lang nicht oft schon mehr als genug?

Es war eine etwa vierstündige Fahrt von Venedig nach Villach gewesen. Antonio hatte in Venedig zwei Fensterplätze ausgehandelt gehabt. Vier Stunden Zugfahrt sollten es nun also werden. Die halbe Strecke also bis nach Wien. *Das halbe Begräbnis also*, das halbe Leid läge demnach also im kärntnerischen Villach, das ich eigentlich immer sehr mochte, dachte ich. In Villach hatte ich einst schließlich meine erste große Liebe getroffen. Es war ein Mädchen aus Bayern, das mit seiner Familie am nahegelegenen Campingplatz Urlaub machte. Auch ich schlug in jenem Jahr mit meinem besten Freund auf ebendiesen Campingplatz mein Zelt auf. Das süßbayrische Mädchen verdrehte mir damals den Kopf beinahe bis zum Genickbruch, reichte mir im dunklen Wald seine Hand und war einfach nur zuckersüß. Zuckersüß, wie diese Hania aus Venedig. Zuckersüß...und also in jedem Falle ungesund.

Villach, und das liegt beinahe unzählige Jahre zurück, hinterließ in mir also ein sehr gutes Gefühl. Seit jenem *bayrischen Sommer* war ich nicht mehr in Villach. Ich erinnere mich auch noch sehr gut an den nächtlichen *Ausflug* auf den Friedhof Sankt Martin. In jungen Jahren war, egal in welchem Land, in welcher Stadt, immer der jeweilige Friedhof eines meiner ersten Ziele. Diese vielen toten, zugeschütteten Seelen zu meinen Füßen, diese scheintot-lebendigen Atemzüge, die mich da zu nächtlicher Stunde umwehten, diese goldenen, im Mondlicht leuchtenden Grabinschriften und schließlich diese unheimlich heimelige Stimmung zwischen den alten Gräbern zogen mich ungefragt an sich. Wer oder was immer mich auf Händen trug - ich fühlte mich geborgen. Nicht verloren und dennoch unauffindbar.

Viele Bilder von Städten habe ich nicht mehr im Kopf, immer aber habe ich noch den jeweiligen Friedhof einer Stadt, einer Stätte vor Augen.

Dass ich also den Friedhof in Villach bereits im Alter von 16 oder 17 Jahren im Beisein einer vierzehnjährigen bayrischen Blondine und einer alten Flasche Ribiselwein (damals war der Wein mitunter tatsächlich noch älter als das Mädchen) kennengelernt hatte, verschwieg ich meinem Freund Antonio an dieser Stelle mal ganz einfach.

Es war ein bewegender Augenblick, als Antonio, sein Reisegepäck am Friedhofstor stehen gelassen hatte und an das Grab seiner Mutter herantrat. Ich entschloss mich dazu, auch am Tor stehenzubleiben, und Antonio alleine diesen Weg gehen zu lassen, doch dies kam für ihn nicht in Frage und ich wollte natürlich für ihn da sein. So blieben also unsere Koffer und Taschen am Friedhofstor stehen, als Antonio und ich das an der Friedhofmauer gelegene Muttergrab aufsuchten.

Auf einem rötlichen Grabstein aus Marmor war schließlich in goldenen Buchstaben folgende Inschrift zu lesen:

Hier ruhen

Dr. med. Anton Alois Braunspuettel 1936 - 2016

und

Rosetta Viola Braunspuettel 1944 – 2017

Eure Herzen geh´n zur Ruh´,
schlagen dennoch immerzu!

Mama Rosetta lag also hier, vor uns, in österreichischer Erde vergraben. Unter ihr die Schwiegereltern, über ihr der Ehemann, wie es damals tatsächlich auch in Villach der Fall gewesen war, als die Schwiegereltern einen Stock unter ihr gewohnt hatten und Antonios Praxis und Wohnung einen Stock über der elterlichen Wohnung lag.

Antonio ist der einzige Mensch, der geräuschlos weint, schoss es mir, vielleicht etwas unangebracht, durch den Kopf, als ich ihn so, vor dem Grabe kniend, beobachtete. Er war gekommen, um das Grab seiner Mutter zu sehen, um eine Kerze dahin zu stellen und als solcher ehrwürdig wieder zu entschwinden.

Nie in meinem Leben hatte ich eine so ehrliche und ernste Trauer gesehen, als Außenstehender freilich, als in diesem Moment, dachte ich. Trauer, sofern unbeobachtet *ausgeführt*, ist ästhetisch. Dunkle, windstille Trauer. So friedlich und schön, wie ein Kirchturm im Nebel. Niemand schreit, nichts bewegt sich, schweigsam ist der Moment...

Wenn jemand in meinem Leben, wenn ein Moment die Bezeichnung *Andacht* verdient hätte, dann fraglos er, Antonio.

Wir zündeten eine Kerze, die ich am Friedhofseingang kaufte, für Mama Rosetta an. Tatsächlich kann ich mich daran erinnern, dass damals, als ich mit Ribiselwein und blondem Mädchen diesen Friedhof besuchte, die Grabreihe entlang der Friedhofsmauer noch nicht angelegt gewesen war. Damals war an dieser Stelle noch ein grüner Wiesenstreifen, auf den wir unsere Westen ausgebreitet hatten, uns daraufgelegt und, Hand in Hand, verliebt in den Sternenhimmel schauten. Wer dachte damals schon an die Zukunft, die diesen Grünstreifen einst zu einer Grabreihe werden und unser Glück somit auf künftiger Grabeserde würde gedeihen lassen. Wer dachte damals überhaupt schon an den nächsten Tag?

Morgen Wien!

Morgen Wien! Nicht das Forellenquintett, nicht das Forellenquintett. Es ist die Mondscheinsonate, nicht das Forellenquintett. Es ist Beethoven und nicht Schubert. Nicht Schubert, sondern Beethoven. Nicht das Forellenquintett, sondern die Mondscheinsonate ist es. Beethovens Mondscheinsonate also und nicht Schuberts Forellenquintett, nicht also der Österreicher Schubert, sondern der Deutsche Beethoven.

Morgen Wien...dachte ich, in Gedanken an Thomas Bernhards „Die Macht der Gewohnheit", ein Stück, das mir immer wieder große Freude bereitet, es zu lesen, wenn ich es auch bewusst nicht mit nach Venedig genommen hatte. Ich las es stets in unbeschwerten Lebenslagen.

Meine Mutter hat, es sei ein weiteres Mal erwähnt, Beethoven geliebt, ja, vergöttert, wie mein Vater Schubert geliebt und gleichsam vergöttert. Die Herren Beethoven und Schubert waren also stets Gast in meinem Elternhaus und ich hatte schon sehr früh das Vergnügen der Bekanntschaft mit diesen beiden Herren gehabt. *Was Beethoven nicht geschafft hat, vervollständigte Schubert,* so oftmals die Worte meines Vaters.

Meiner Mutter hatte freilich immer nur über diese Aussage geschmunzelt, denn *ihm,* Beethoven, *sei schließlich nichts mehr hinzuzufügen....*

Wie schließlich auch Beethoven *vor* Schubert gestorben war, wird nun eines Tages also auch mein Vater *nach* meiner Mutter sterben.

Luft

Ob mein Vater aber meine Mutter je *vervollständigen* wird können? Vermag eine Hälfte denn je, die fehlende zu ergänzen? Wurzeln ohne Erde sterben ebenso wie Pflanzen ohne Licht und Menschen ohne Luft. Wir sind nur kleine Lebewesen auf dieser gottgewollten

Erdkugel, so diese überhaupt der Wille des Herrn war. Wir denken, wir können ohne geliebten Menschen nicht mehr existieren. Dies mag mitunter ja auch stimmen, wie wir wissen, aber dennoch ist es uns möglich, ohne diesen auch sehr viel *länger* zu leben als ohne Licht, ja, ohne Luft. Wir glauben, der Tod eines Menschen nimmt uns alles, aber doch lässt er uns leben, atmen. Wir empfinden diesen Zustand freilich nicht mehr als Leben, und doch *leben* wir. Eine Stunde, einen Monat, ein Jahr gar, ein Jahrzehnt...wir *überleben* eine gewisse Zeit lang den Tod, atmen unverschämt weiter. Wie lange aber kann ein Mensch ohne Luft leben? Wie oft sagen wir zu einem Menschen, er sei *Luft* für uns. Glücklich jener Mensch, der für mich Luft sein darf, denn er wäre bedeutungsvoller in meinem Leben, als je für mich anzunehmen. Es wäre einzig als Kompliment zu verstehen.

Stillstand

Meine Mutter, war, wie mein Vater, eine durch und durch selbständige Person, und bis ins *hohe* Alter haben sie auch tatsächlich keinen Moment ausgelassen, um

126

dies zu betonen. Dennoch waren sie aufeinander abgestimmt, und funktionierten nur zusammen. Ja, meine Eltern waren tatsächlich jeweils ein Zahn an jeweils einem Zahnrad, waren also sehr wohl voneinander *unabhängig* und *frei*. Ein Zahnrad aber bewegt sich und also lebt dennoch nur durch die Existenz eines zweiten Zahnrades. Erst das Ineinandergreifen beider Räder, die daraus resultierende Bewegung, die entstehende Energie, ja, schließlich die Wärme versprüht Lebendigkeit und Sinnhaftigkeit. Ein ruhendes Rad gleicht einem stillstehenden Herzen.

Leere Wände

Meine glücklichste Zeit? Ich kann mich nicht an sie erinnern, wie an die meisten schönen, guten *Sachen*. Dies ist nichts Ungewöhnliches, denn es sind ja schließlich immer die schlechten, ernsten und traurigen Ereignisse, die *hängenbleiben*, wie es heißt. Unüberlegt, obwohl ich freilich schon viel zu sehr darüber nachdenke, würde ich wahrscheinlich einen Tag aus meiner Kindheit als den bisher glücklichsten bezeichnen. Dennoch, kein Ereignis blieb als solches an meiner Herzenswand, gleich einer Postkarte am Kühlschrank, kleben. Alle diese *Herzenspostkarten* wurden im Laufe der Jahre vom jungen, pulsierenden Blut von der Wand gespült. Es gab und gibt freilich unzählige Erinnerungen an meine Kindheit, aber dennoch ist es keiner gelungen, sich als *die* Erinnerung in mein Herz zu brennen.

Denke ich ein Stückchen weiter, also doch ein paar Jahre später, so fällt mir immer wieder das junge, hübsche bayrische Mädchen ein, an das mich natürlich auch das jüngste Erlebnis wieder sehr stark erinnerte. Ich weiß nicht, ob es tatsächlich der *beste* Tag in meinem jungen Leben war, aber zumindest denke ich immer wieder gerne daran zurück und verspüre dabei das Gefühl absoluter Zufriedenheit, unendlicher Freiheit. Die Welt lag mir damals zu Füßen, wie nun Antonios verblichene Mama Rosetta.

Cola-Whisky

Antonio und ich hatten nicht nur die Last unserer toten Mütter, die Erinnerungen also mit uns zu tragen,

128

sondern auch das schwere, am Friedhofstore abgestellte Gepäck.

Ich begleitete Antonio vom Fried- zum Bahnhof, hatte aber keinen Augenblick Zweifel daran, dass er noch an meiner Seite würde bleiben wollen. Gute fünf bis sieben Stunden standen mit noch zur Verfügung, ehe der Wien-Zug Villach erreichen würde. Antonio bot an, mit mir auf den Zug zu warten, was ich herzlich begrüßte. Das Gepäck war schnell in einem Schließfach untergebracht und kurze Zeit später nahmen wir auch schon in der nahegelegenen *Bahnhofsschenke VIELlach* Platz. Zu meiner großen Verwunderung bestellte Antonio ein Mineralwasser. Er wolle diesen Moment nicht mit Alkohol betäuben, wie er meinte, sondern jeden Stich im Herze hundertprozentig spüren. Und dann wäre da noch etwas, wofür er einen klaren Kopf bräuchte...

In Venedig habe er ja dieses jungen Mann getroffen, der ihm die Geschichte von der *Hochzeitsreise* nach Venedig erzählt hatte. Er, Antonio, sei ihm noch einmal begegnet und es habe ein langes Gespräch stattgefunden, bei dem Karol, der junge Mann, sich bei Antonio *ausgeheult* hatte

129

über die scheinbar verloren gegangene Liebe. Zu einer Begegnung sei es nämlich nicht gekommen, obwohl er, Karol, schließlich doch sogar – entgegen aller Vereinbarungen - in allen Gassen und an allen Plätzen nach seiner Verlobten fieberhaft gesucht habe.

Antonio habe Karol schließlich versprochen, ihm bei der Suche zu helfen, was aber nicht den ganzen Tag über möglich gewesen sei, da er ja zu arbeiten hatte. Und an eben diesem Arbeitsnachmittag sei Hania dann plötzlich in sein kleines Caffè eingetreten. Er habe sie zwar nur von einem Foto, das Karol ihm stolz gezeigt hatte, her gekannt, aber sofort *er*kannt. Es habe kein Zweifel bestanden, dass dies die Verlobte Karols sei.

Was er gemacht habe, frug ich Antonio mit größter Neugier. Antonio habe erstmal ihre Bestellung aufgenommen, und sich gewundert, warum man neuerdings in Italien nur noch Cola-Whisky... Antonio stockte, sah mich mit einem entschuldigenden Grinsen an, und führte den Satz mit einer *Ist-Ja-Jetzt-Egal-Geste* nicht weiter aus. Schließlich habe er sich ganz unaufdringlich (nun grinste *ich*) zu seinem Gast gesetzt und sich ein bisschen mit ihm unterhalten. Die junge Dame schien scheinbar gedanklich gar nicht in Venedig gewesen zu sein, auf jeden Fall aber nicht in diesem Caffè. Sie habe einen zarten Silberring mit einem dezent glitzernden Steinchen am linken Ringfinger getragen. Ständig habe sie mit den Fingern der anderen Hand an dem Ring gedreht und immer wieder, viel zu schnell, habe sie an ihrem Cola-Whisky geschlürft, so Antonio.

Was sie denn nach Bella Italia führte und warum sie ebenda so ganz alleine (wenn auch nicht im Augenblick) dasäße und viel zu traurig aussähe, wollte er alsdann von ihr erfragen. Italien und sie – tatsächlich nannte Antonio zuerst sein Land! - seien doch viel zu schön dafür.

Die junge Dame aber habe geschwiegen. Offensichtlich sei sie nicht in der Laune gewesen, mit einem fremden Mann über die Beweggründe ihres Aufenthalts in dieser Stadt zu sprechen, was mich insgeheim ein wenig freute. Allerdings, so musste ich mir auch eingestehen, hatte ich sie viel früher getroffen und in diesem Caffè am Lido war schließlich das Treffen mit Karol noch möglich gewesen.

Antonio aber wusste ja ohnehin auch den Grund, den ihr die liebliche Hania verschwieg. Er wusste, wie sehr Hania auf Gott hoffte, auf einen Wegweiser am

131

Straßenrand oder am Ufer eines Kanals. Und er, Antonio, betete doch selbst jeden Tag zur heiligen Maria, betete für seine Mutter, für seine Kinder, von denen ich ganz nebenbei erfuhr, für die Welt...und dass Venedig ihn, Antonio, überleben möge. Es sei also plötzlich für ihn unmöglich gewesen, Karol zu kontaktieren. Er hätte ihn nur aufsuchen müssen, den Namen des Hotels wusste er ja, und einen *kleinen* Gott spielen können, aber dies hätte er sein Leben lang vielleicht bereut. Einen Auftrag, den Gott alleine erhalten hat, kann man nicht übernehmen, schon gar nicht ungefragt.

Da habe sie also gesessen. Hania, offensichtlich auf Gottes Fügung wartend, während Karol durch Venedig geirrt sei. Aber, so habe Antonio gedacht, die – schlussendlich tatsächliche Suche nach seiner Verlobten wäre ohnehin auch gegen die Vereinbarung gewesen, die Karol mit Hania schließlich ernsthaft besprochen hatte. Solle er, Antonio, denn also überhaupt Karol helfen? Ein kurzes Gespräch mit Karol also brächte Antonios Empfinden nach also weder ihn selbst, Antonio, noch Karol in den Himmel. Und, wenn schon der Körper in der Erde versinken müsse, so solle doch wenigstens der Geist frei über ihr fliegen. Ohnehin hätte er schon seit dem Tod seiner Mutter auch alle Unterseiten der Tische geputzt, im Gedanken daran, dass sie nun von *unten* aus speziell diese in Betracht nehmen könnte. Ebenso putze er auch ständig seine Schuhsohlen. Der Tod eines Menschen ließe schließlich nicht nur ebendiesen zwischen zwei Welten existieren, sondern eben auch die Zurückgelassenen. Jeder Blick zur Erde, jeder Blick gen Himmel eröffne nun neue Perspektiven. Wer könne schließlich wissen, wann und von welchem Winkel man von toten Augen beobachtet würde?

Antonio holte mit einem eleganten Schnippen die Kellnerin herbei und bestellte zwei Gläser Cola-Whisky. Schließlich befände er sich momentan nicht in Italien, und somit fiele es unter Anpassung an fremde Kulturen. Man wolle schließlich ja nicht auffallen, sagte er, als er ein frischgebügeltes Stofftaschentuch aus seiner Jacke zog und unseren Tisch abwischte, und zudem gleich die beiden danebenstehenden.

Es war nun endlich an der Zeit, Antonio von meiner Begegnung mit Hania zu erzählen, um nicht zu sagen, sie zu beichten. Denn viel zu lang hatte ich sie grundlos verschwiegen. Vielleicht war es einfach ein Zug leichter – freilich völlig unergründbarer – Eifersucht gewesen, die mich nicht von Hania erzählen lassen hatte. Vielleicht wartete ich insgeheim nur darauf, zu erfahren, wie und was Antonio zuerst von ihr erzählte. Ich erzählte also meine Sicht der Dinge, meine kurze Geschichte am Lido, erwähnte auch das Telefonat mit meinem Vater und schließlich die zurückgelassene Hania.

Zu meiner Verwunderung war auch Antonio nicht überrascht, als er von Hanias und meiner Begegnung erfuhr. Vielleicht lag es aber auch nur bloß am Cola-Whisky, den er, wie Hania, mit einem eigens bestellten Strohhalm viel zu schnell getrunken hatte, und ihm sogleich Lust auf ein weiteres Glas machte. Das Glas Mineralwasser stand hingegen unberührt am Tischrand und machte zumindest optisch einen sehr guten Eindruck, da sich in ihm die hereinfallenden

Sonnenstrahlen perfekt widerspiegelten und sich das Licht darin auf unbeschreibliche Weise brach. Jedes dieser kleinen Luftbläschen steigt empor, bis es die Oberfläche, den Himmel über ihm erreicht hat, um sich sogleich darin zu entfalten, eins zu werden mit dem großen, über ihm liegenden Raum.

Welches Luftbläschen in einem Wasserglas glaubt schon an ein Leben außerhalb des Glases, an ein Leben über dem Lebensrand, dem Himmel also? Und doch existiert es, ja, fängt der große Raum überhaupt erst *dahinter* wirklich an, zu *sein*. In welchem Glas schwimme wohl ich? Worin ist meine Mutter emporgeschwebt? Auf dem Tisch vor mir standen zwei Gläser mit Cola-Whisky und ein Glas Mineralwasser. Drei Lebensräume, unzählige Leben. Und dennoch finden sich alle Luftbläschen – das eine vielleicht nüchterner, das andere beschwingter – im selben Raum wieder. Diese Bahnhofsschenke ist ihr Himmel, in dem alle wieder vereint sind. Eines Tages werde ich sie wiedersehen, all meine lieben vorangegangenen Menschen, in einer Welt hinter dem Himmel, in einem undefinierbaren Raum oder aber ganz einfach in einer Bahnhofsschenke, wie jene in Villach.

Am anderen Ende

Einen Augenblick lang spielte ich tatsächlich mit dem Gedanken, Antonio zu bitten, Karol anzurufen, und ihn nach dem Ende der *Geschichte*, das bestenfalls der Anfang einer neuen Geschichte sein könnte, zu fragen. Zu gerne nur hätte ich erfahren, ob die beiden einander in Venedig doch noch getroffen hatten. Antonio sah mich an - es waren vielleicht doch mehrere Augenblicke, in denen ich ihm schweigsam gegenübergesessen hatte - und frug mich plötzlich, als hätte er meinen Gedanken gelesen, ob er denn Karol in seinem Hotel einmal anrufen solle, oder besser nicht. Was aber, wenn Karol wissen wollte, ob er, Antonio, Hania gesehen hätte? Nein, es wäre wohl besser, die Angelegenheit auf sich beruhen zu lassen. Ohnehin würde Karol ihn wahrscheinlich hassen, sollte er jemals von Hania erfahren, dass er, Antonio, eigentlich die Fäden für einen kurzen Moment in der Hand hatte. Aber, und so hatte es Hania schließlich mehrmals betont, Gott alleine müsse die beiden zusammenbringen, sich einander wiederfinden lassen.

Er, Antonio, sei nun mal nicht Gott, sondern ein kleiner – sowohl auf Körpergröße als auch auf sein irdisches Dasein bezogen – Kellner aus Venedig, der noch nicht einmal diesen Beruf erlernt habe, sondern eigentlich ein gescheiterter Künstler sei, der, seit dessen Kinder das Licht der Welt, Italiens also, erblickt hatten, einen anständigen Beruf nachzugehen hatte, um seine Familie zu versorgen. Wo denn seine Familie eigentlich wohne, wollte ich von ihm wissen. Antonio sah mich verwundert an. Natürlich auch in Venedig. Die Dachwohnung sei die Wohnung seiner Großeltern gewesen und diente zum einen als Atelier, zum anderen übernachtete er sehr oft darin, wenn es in der Arbeit spät würde, da gleich ums Eck. Dann kramte er aus seiner Jackentasche ein Foto seiner Frau und den beiden Kindern heraus, streifte es etwas glatt und schob es mit Schwung und herzlichem Lächeln über den Tisch, direkt neben mein Glas. Sie war schön, seine Frau und die Kinder sehr entzückend. Zwei dunkeläugige, lockige Mädchen, Maria und Paulina, in blaugeblümten Kleidchen an einem Strand.

Er war stolz, das war nicht zu übersehen, als er das Bild ansah.

Ich knüpfte an das vorige Gespräch an, indem ich ihn frug, welche Art von Bildern er denn male. Antonio schien sichtlich erfreut über diese Frage und erzählte von ein paar Ausstellungen, die er früher gemacht hatte. Allesamt Portraits. Eine Zeit lang habe er sogar als Straßenkünstler in Form eines Karikaturisten sein Geld verdient, bis er einmal von einem fetten Amerikaner geschlagen worden sei, weil er, Antonio, des Amerikaners nicht minder rundliche Frau offensichtlich um zwei Kleidergrößen zu dick dargestellt hatte und ihr zudem noch einen Burger in der Hand halten und etwas Ketchup im Mundwinkel deutlich erkennen ließ. Die Schlägerei habe schließlich damit geendet, dass der Amerikaner in einem Kanal geplumpst sei und nur mit Mühe von ein paar Gondolieri an Land gezogen werden konnte. Die fette Amerikanerin habe daraufhin Antonio mit einem Rempler ebenfalls in den Kanal gestoßen und dazu all seine künstlerischen Werke, seine Farben und sogar den Klappstuhl. Im Wasser landete somit auch der eigentliche Auslöser der Schlägerei, die Karikatur der fetten Amerikanerin, die der Amerikaner, als er wieder an Land war, unbemerkt an seinem Rücken kleben hatte, was Antonio sehr amüsierte. Zudem sei der *Ketchup-Fleck* durch das Wasser auch noch um das zehnfache größer geworden.

Nach diesem Vorfall sei Antonio von der Stadt nur noch ein Platz am Parkplatz auf dem Festland angeboten worden, was er dankend ablehnte, da er bereits den Job im Caffè gefunden hatte. Gelegentlich, wenn er nicht beobachtet würde, karikiere er aber auch heute noch während seiner Arbeit auf Servietten den einen oder anderen Gast, freilich immer um eine Kleidergröße kleiner als in Wirklichkeit.

Die Zeit in der Bahnhofsschenke war sehr schnell vergangen, und mein Blick auf die überdimensionale Uhr an der Wand über der Bar verriet unverblümt, dass es Zeit war, zu gehen. Antonio und ich hatten uns nun also bald zu verabschieden. Wie jeder Mensch, hasse auch ich Abschiede. Muss ich mich am letzten Urlaubstag verabschieden, so denke ich trosthalber immer an das Schöne in Wien, das schon auf mich wartet, um den Abschied zu erleichtern, und meistens funktioniert das auch. Diesmal erwartete mich aber absolut nichts Schönes, was es mir besonders

139

schwermachte, mich von dieser verrauchten Bahnhofsschenke und schließlich von Antonio zu verabschieden. Wie gerne hätte ich die ganze Nacht dort verbracht, nur, um nicht in den Zug nach Wien steigen zu müssen. Morgen also würde ich meinen Vater endlich wiedersehen. Bestimmt würde er um zehn Jahre gealtert sein, vielleicht würde er unter dem Einfluss von Beruhigungstabletten stehen. Ob er weinen würde am Grab der Mutter? Ob er mir in die Augen würde sehen können?

Ich wusste, dass mein Vater sehr schwer damit zu kämpfen hatte, seine Frau verloren zu haben. Noch schwerer aber hatte er die Last des schlechten Gewissens ihr gegenüber zu tragen, am schwersten aber war wohl die Tatsache, dass sein Sohn, ich, dieses Wissen mit ihm teilte und ihn schlussendlich dafür hassen musste. Kurzentschlossen borgte ich mir Antonios Mobiltelefon, um meinen Vater anzurufen. Ich wollte ihn einfach wissen lassen, dass ich ihn liebe, ihn nicht hasse und dass ich bereits gegen Mitternacht in Wien ankäme und ihn in der Früh abholen würde, um mit ihm gemeinsam zum Friedhof zu fahren, wenn er dies wolle. Am anderen Ende der Leitung aber piepte es unaufhörlich und ich musste plötzlich an das ähnlich klingende, regelmäßige Piepen denken, welches Mutters Herztöne im Spital wiedergegeben hatte. In diesem Moment *schlug* auch meines Vaters Herz in regelmäßigen Tönen, aber auch er war nicht ansprechbar. Ich sprach auf den Anrufbeantworter, in der Hoffnung, mein Vater würde meine Stimme hören und abheben.

Nichts…

Züge

Während meines *Telefonates* und gute zehn Minuten darüber hinaus war Antonio verschwunden, als er schließlich mit zwei neuen Gläsern dreifachen Whiskys pur zurückgekehrt war. Die Rechnung hatte er zudem schon beglichen. Wir hätten nicht mehr viel Zeit und demnach auch entsprechend schnell zu trinken, was ich, wie er es mir anzusehen glaubte, in diesem Moment auch sehr gut brauchen konnte. Antonio stellte das leere Glas auf den Tisch und legte daneben ein längliches Papier, das unschwer als Fahrschein zu erkennen war. Kurzerhand hatte er beschlossen, mich nach Wien zu begleiten. „Du hast mich zu meiner toten Mutter

141

begleitet, nun mache ich dasselbe für Dich!", sagte er, und machte sich auf den Weg zur Bar, um sämtliche, auf dem Tisch stehenden Gläser dort hinzubringen und im Anschluss noch einmal über den Tisch zu wischen und die am Nachbartisch sitzenden Personen nach ihrer Zufriedenheit zu fragen.

Ich wusste Antonios spontanen Entschluss sehr zu schätzen. Ob er denn keine Probleme in der Arbeit bekäme und ob seine Familie informiert sei, wollte ich wissen. Alles sei längst geregelt, so er, und die Tatsache, dass er mit einem Koffer von Venedig nach Villach gereist war, wurde mir erst jetzt bewusst. Demnach hatte er schon vor der Abfahrt in Venedig geplant, mich nach Wien zu begleiten. Ein feiner Zug von ihm, dachte ich.

Zielbahnhof

Der nicht minder feine Zug von Venedig nach Wien fuhr sehr untypisch ohne Verspätung in Villach um 19:14 ab. Antonio hatte darauf bestanden, zwei Plätze im Speisewagen zu finden. Ich wünschte ihm dabei viel

142

Glück und wir machten uns aus, dass ich nach einem freien Abteil für das Gepäck Ausschau hielte und er für den Speisewagen zuständig sei. Auf jedem Falle solle er dort auf mich warten, ich würde – mit oder ohne Gepäck – dorthin kommen.

Gesagt, getan. Ich musste einige Waggons mit Antonios Koffer in der einen, mit meinem Koffer in der anderen Hand, durchwandern, da sehr viele Abteile bereits besetzt waren. Auf meinem Weg hatte ich große Mühe, einem mir entgegenkommenden, groß gewachsenen jungen Mann in einer grauen Kapuzenweste Platz zu machen. Er entschuldigte sich höflich und wollte mir helfend einen der beiden Koffer abnehmen. Es sei dies nicht nötig, gab ich dankend zur Antwort und frug ihn aber, ob er denn in den hinteren Waggons, aus deren Richtung er eben käme, noch freie Plätze in dem Abteil bemerkt hätte. Der junge Mann deutete auf den nächsten Waggon und ließ mich wissen, dass im vierten Abteil sogar noch vier Plätze frei wären. Er wäre nur schnell auf den Weg zum Speisewagen, käme alsdann auch gleich zurück. Ob ich denn etwas aus dem Speisewagen bräuchte, legte er noch ein Schäufelchen an Höflichkeit nach. Tatsächlich, so dachte ich, wäre es fein, wenn er nach einem – aller Wahrscheinlichkeit nach – im Speisewagen herumstehenden, kleineren, gelockten Italiener in grauer Jacke, Jeans und – unnötigerweise – lässig im Haar drapierter – Sonnenbrille Ausschau halten würde und ihn mit zum Abteil begleiten würde.

Ich wollte erstmal gerne das Abteil *beziehen* und hielt es zudem für angebracht, zuerst die Mitreisenden kennenzulernen, ehe ich selbige mit meinem – mit unserem Gepäck alleine ließe, um den Speisewagen aufzusuchen. Unsere Wege trennten sich also, und ich folgte der Beschreibung, bis ich das besagte Abteil gefunden hatte.

Das Abteil, in dem nur eine Person gesessen hatte, eine Person, auf deren Wiedersehen ich so gehofft hatte, jedoch genau hier am wenigsten gerechnet hätte: Hania...

Hannah aus Polen, der ich vor drei Tagen am Lido begegnet war und die, so schnell, wie sie in mein Leben getreten war, auch wieder aus ebendiesem verschwunden gewesen war. Hannah, die unwissentlich meinen Freund Antonio kennengelernt und Gott in Venedig ordentlich auf die Probe gestellt hatte. Sie sah gut aus, erholt und – vor allem – glücklich.

Hania schien nicht minder verwundert zu sein, mich wieder zu sehen. Sie bat mich, Platz zu nehmen, was ich auch nach Verstauen der Koffer mit Freude tat. Mein Blick fiel sofort auf den zweiten Rucksack im Gitter über Hania. Karols?

Hania schien meinen fragenden Blick bemerkt zu haben, weshalb sie auch gleich direkt auf Karol zu sprechen kam. Ja, es sei dies Karols Rucksack. Karol sei in diesem Moment gerade auf den Weg zum Speisewagen, um nach einem Cola-Whisky für sie zu fragen. Dann würde ich ihn kennenlernen, ihn, ihren Verlobten. Natürlich war ich gespannt, zu erfahren, wo und auf welche Weise denn das Wiedersehen stattgefunden hätte. Wie der liebe Gott nun seine *Hausübung* erledigt hatte.

Warum ich im Strand-Caffè einfach verschwunden sei und ob ich ihre Nachricht denn nicht bekommen hätte, wollte Hania wissen. Doch von ihrer Nachricht hatte ich erst hier im Zug nach Wien erfahren. Ich erinnerte mich noch genau an den Rechnungszettel, der, unter den Aschenbecher eingeklemmt, im Wind fröhlich vor sich her flatterte. Dass er mich zu sich locken wollte, um mir

Hanias Nachricht zu übermitteln, hatte ich leider nicht wahrgenommen. Ich entschuldigte mich bei Hania, erzählte ihr vom Telefonat mit meinem Vater, das ja doch keines war und hätte ihr auch beinahe von Antonio erzählt. Zu gerne aber wollte ich endlich erfahren, wie sie und Karol denn einander gefunden hätten...

Karol, der junge, höfliche Mann in grauer Weste also. Antonio. Plötzlich schoss es mir durch den Kopf, dass wahrscheinlich in eben diesem Moment die beiden im Speisewagen aufeinandertreffen würden. Zu gerne hätte ich die Gesichter der beiden gesehen, aber Hanias und mein Blick würden den Blicken der beiden wahrscheinlich um nichts nachstehen.

Was das Leben doch manchmal für Wege skizziert, die wir Menschen dann auch brav, feinsäuberlich, ohne über den Rand zu malen, ausfärben...

Wie sie also zueinander gefunden hätten? Nun...Ganz einfach. In Antonios Caffè. Hania habe es sehr liebgewonnen und es aus diesem Grunde erneut aufgesucht, ehe sie den Zug nach Wien um 15:55 nehmen wollte. Karol, der Antonio besuchen wollte und sich von ihm verabschieden, habe also den gleichen Gedanken gehabt. Beide hatten sie Antonio, der, wie ich ja wusste, zu dieser Zeit bereits mit mir im Zug nach Villach saß, nicht aufgefunden, dafür aber haben sie einander plötzlich und unverhofft im Caffè gegenübergestanden.

Antonio hatte also, wie ich dachte, ungewollt doch dem lieben Herrgott assistiert, denn schließlich wären Hania und Karol ohne ihn wohl nicht in das Caffè gekommen. Und zudem, wie ich weiterdachte, hätte ich Hania mit Sicherheit nie mehr getroffen, wenn wiederum Antonio mich nicht gebeten hätte, ihn nach Villach zu begleiten. Dann nämlich hätte ich den Nachtzug nach Wien genommen, und säße nicht, wie nun, Hania im Tagzug gegenüber.

Karol hatte Hania schließlich von der Bekanntschaft zu Antonio erzählt und ihr auch gebeichtet, sie in seiner Verzweiflung in den Gassen und auf den Plätzen Venedigs gesucht zu haben. Selbst den Lido habe er nach großer Überwindung, in ein Wassertaxi zu steigen, nicht ausgelassen, nur um sie zu finden. Bezeichnend sei es aber, dass er sie dennoch nicht gefunden hätte, ohne den Willen Gottes.

Ich hatte ein sehr gutes Gefühl, als ich Hania ansah. All die trüben, traurigen und nebelgrauen Bilder, die ich von Hania seit Antonios Erzählung über sie in meinem Kopf hatte, waren augenblicklich davongeweht. So gefiel sie mir, die süße, vergebene Hania aus Polen.

Ihre Augen blitzen kurz auf, als sie ihren Blick durch die gläserne Türe des Abteils richtete. Davor hatte nämlich ihr Verlobter Karol, mit einem Glas Cola-Whisky und einer Flasche Bier gestanden. Neben Karol stand Antonio, ebenfalls mit einem Bier und einem Glas Cola-Whisky in den Händen. Das Bier bräuchte er nun endlich nach all dem Zucker. Die beiden hatten also, wie erwartet, einander im Speisewagen getroffen und einander, wie Antonio erzählte, bei einem kleinen Bier gegenseitig wieder auf den neuesten Stand gebracht.

Um es kurz zu machen, es war eine gefühlte halbstündige Fahrt nach Wien. Bis alle Fäden entwirrt waren, wir noch das eine oder andere Glas geleert und schließlich beschlossen hatten, einander im nächsten Jahr zur selben Zeit wieder in Venedig, in Antonios Caffè zu treffen, waren wir auch schon in Wien angekommen. Wien. Da war ich also wieder. Und tatsächlich dachte ich nicht mehr an das WIR, dass es die letzten vier Stunden gegeben hatte, und mich noch einmal all die Sorgen so gut wie möglich vergessen ließ, sondern wieder nur an das ICH. An das ICH, das schließlich, würden all unsere Wege sich trennen, nun doch alleine seinen weiteren Weg zu gehen hatte. Ein weiteres Mal, wie vor ein paar Stunden in der Villacher Bahnhofsschenke hätte ich wohl alles dafür gegeben, nicht aus dem Zug aussteigen zu müssen, sondern einfach weiterzufahren, egal wohin. Einfach wieder weg, raus aus dieser Stadt. Doch was half es, der Zug blieb stehen, und machte keine Anstalten mehr, sich so schnell von hier wieder fortzubewegen. Endstation. Wie soll man da schon an einen Anfang glauben? Jeder Anfang setzt von seiner Geburtssekunde schon ein Ende voraus.

Antonio hob, gemeinsam mit Karol, fleißig die Koffer und Rucksäcke vom Gepäcksgitter während ich Hania beobachtete, wie sie liebevoll ihrem Verlobten über den Rücken strich. Ja, das wird es wohl sein, dachte ich zufrieden und schloss die Augen: Jeder Endstation folgt ein neuer Zielbahnhof.

WIEN

Es war ein sehr herzlicher Abschied und erneut wurde das Versprechen ausgesprochen, nächstes Jahr in Venedig wiederzusehen. Ich nehme mir tatsächlich vor, nun jedes Jahr zu dieser Zeit nach Venedig zu fahren, alleine schon, um mein Cola-Whisky bei Antonio zu trinken. Karol und Antonio hatten sich auf eine Zigarettenlänge etwas abseits platziert, was mir die Gelegenheit gab, noch einmal, für ein paar Augenblicke alleine mit Hania zu plaudern. Was aber sollte ich sagen? Plumpe Worte zum Abschied, abgedroschene, glückwünschende Worte?

Ich sagte nichts, sah Hania viel lieber einfach nur an. Das Grübchen beim linken Mundwinkel, die langen Wimpern, diese wunderschönen, mandelförmigen Augen. Auch sie sagte nichts. Alles war gesagt, was gesagt werden wollte.

In meinem Kopf blüht sie weiter, die stumme Blume, die zu mir spricht.

Der gegenseitige Abschied aller war erfolgt, und Antonio und ich standen nun alleine mit unseren Koffern am Bahnsteig. Ich wollte den Bahnsteig schnell verlassen, wollte nach Hause und wollte es ebenso auch nicht. Alles war so grau in diesem Moment. So grau, wie Karols Weste oder Antonios Jacke, so grau wie der Beton unter meinen Füßen, so grau wie der steinerne Löwe, vor dem Antonio plötzlich wehmütig gestanden hatte. Ich hatte ihn gar nicht bemerkt, den Löwen, und nun stand er vor mir. Wie klein er doch geworden war. Wie alt und einsam. Am Südbahnhof hatte er noch in der Mitte der Halle gestanden, war unübersehbar und Mittelpunkt. Nun aber wurde er irgendwo aufgestellt, scheinbar nur, um eben aufgestellt worden zu sein. Lieblos im toten Winkel, wie eine billige Reklame. Von kaum jemanden wahrgenommen, gar bewundert. Niemand hat so ein Ende verdient. Kein Mensch aus Fleisch und Blut, kein Löwe aus Stein und Staub. Für den Löwen ist dies wohl nun wirklich die Endstation, dachte ich.

Antonio war sichtlich gerührt von Heimweh und Wehmut und er machte auch kein Geheimnis daraus, küsste dem Löwen die Pfote und brabbelte unverständliche Worte in seiner Muttersprache vor sich hin.

Wir verließen schließlich den Bahnhof und ließen uns von einem Taxi direkt zu meiner Wohnung im innerstädtischen Wien bringen. Es war, als wir in das Taxi stiegen, exakt Null Uhr. Der 23. Juli war also gekommen. Der Begräbnistag also. Endlich, wie ich sagen muss. Endlich kam die *Endstation* der Wartezeit. Einen Neuanfang kann es schließlich erst danach geben, und ich war bereit dafür.

Wir waren schnell zu Hause gewesen und Antonio schlief, entgegen seines Vorsatzes, noch auf ein Glas Rotwein in ein naheliegendes Caffè zu gehen, ganz einfach auf dem Wohnzimmersofa ein. Mit Jeans, seiner grauen Jacke, seinen Schuhen und einem Lächeln auf den Lippen, die noch halbwegs verständlich die Namen *Maria* und *Paulina* von sich gaben.

Und da sitze ich nun. Es ist 2:56 und ich habe mehr oder weniger den ganzen heutigen, nun ja schon gestrigen Tag ab der Ankunft in Villach versucht, wiederzugeben. Antonio, seine Sonnenbrille immer noch im Haar, schnarcht auf dem Sofa im Nebenzimmer, ich sitze am Balkon meines Arbeitszimmers, denke an Hania, an Venedig, an all die Ereignisse der letzten Tage, denke an den steinernen Löwen, an den versteinerten Vater und an das steinerne Grabmal, das dem geflügelten Löwen nachgeahmt ist, meiner Mutter. Zum ersten Mal werde ich in gemeißelten Buchstaben ihren Namen lesen. Wie oft noch werde ich vor dem Grab meiner Mutter stehen, Gott alleine weiß.

Morgen jedoch wird es zum ersten Mal sein und ich weiß, diesen Anblick nie mehr aus meinen Gedanken streichen zu können, wie eine erledigte *Sache,* derer man sich nicht mehr erinnern muss, weil eben erledigt. Der Tod meiner Mutter ist morgen vielleicht, nein, ganz sicher, für das Bestattungsinstitut *erledigt*, mir aber wird es mein restliches Leben in Anspruch nehmen.

Jeder uns nahestehende, verstorbene Mensch wird uns tatsächlich zweimal genommen. Zum einen können wir ihn nach seinem Tod nicht mehr umarmen, müssen ihn loslassen. Zum anderen aber umarmt *er* uns in Gedanken weiterhin und lässt uns auch nicht im Tode los. In beiden Fällen ist eine beidseitige Umarmung aber nicht möglich, sosehr sie auch danach schreit. Kurz ist die Zeit des Beisammenseins, der Umarmung auf Erden. Allzulange die Zeit davor und danach.

Fremd

Meinen Vater habe ich nicht mehr anzurufen gewagt. Ich weiß, dass er zu dieser Zeit schläft und keine Freude über einen Anruf hätte. Ich werde ihn gleich morgen in der Früh anrufen, denke ich. Vielleicht aber werde ich ihn erst am Begräbnis wiedersehen, ansprechen. Er ist mir so fremd geworden. Wie spricht man nur alte, in Selbstmitleid versinkende Väter auf dem Begräbnis ihres Lebensmenschen an?

Mein Vater hat mich immer aus allen seinen Problemen herausgehalten, hat immer versucht, Geschäftliches von

Privatem zu trennen, hat niemals mit mir über Beziehungsprobleme gesprochen, ja, hat mich nicht einmal nach einer Idee für ein Geburtstagsgeschenk für meine Mutter gefragt. Ich hatte eine unbeschwerte Kindheit, das kann ich mit Recht behaupten.

Nie wurde ich mit Problemen konfrontiert, nicht von meinem Vater, nicht von meiner Mutter. Nie war von Problemen die Sprache, niemals waren Kummer oder Leid den elterlichen Augen abzulesen. Bis eines Tages mein Vater mich mit seiner Sünde vertraut gemacht und somit alles zerstört hatte.

Alle porzellanenen Teller, alle Vasen, alle gläsernen Bilderrahmen mit vermeintlich glücklichen Familienbildern machte er mit einem Schlag zunichte, zerschlug sie brutal. Alles zertrümmerte er, alles war zerstört. Mein so sehr geliebter Vater war mir, ich sagte es schon, auf einmal so fremd geworden.

Tempel

Vielleicht sollte ich für heute meine Aufzeichnungen beenden. Nur so viel noch: Meine Eltern waren und sind immer noch der sichere Hafen in meinem Leben, der keines seiner Boote untergehen lässt.

Sie sind das Licht im Leuchtturm am Ende der Halbinsel, das mir immer den Weg nach Hause zeigt, ja, ausleuchtet. Was sie sind oder waren, meine Eltern waren und sind mein Grund und Boden, auf den ich nun mein Haus aufzubauen versuche. Sie sind nun der Garten vor meinem Haus, in dem ich mich immer wieder gerne aufhalte, dessen Blumen ich pflege und der mir Kraft gibt an Tagen, die ihren Namen gar nicht verdienen.

Und dennoch ziehe ich mich auch immer wieder gerne in mein Haus zurück, nicht nur an Regentagen, sondern einfach nur, um auch einmal auf einem Teppich im Kerzenlicht ein gutes Buch zu lesen. Gerne nehme ich auch ein paar Ableger der Gartenpflanzen in mein Haus, um sie am Küchenfensterbrett blühen zu sehen. Niemals aber so stark verwurzelt, wie etwa ein Baum, dass sie nicht mehr vom Platz zu bringen wären, sondern immer in Blumentöpfen, die ich gerne auch dann wieder in den Garten unter das Vordach stelle, nehmen sie mir etwas zu viel Sauerstoff.

Ich liebe meinen Garten, wie ich mein Haus liebe. Ich liebe das Leben da und dort, liebe es, frei zu sein, und doch gebraucht zu werden, liebe es, niemanden zu *gehören* und doch auf jemanden zu hören. Ich liebe es, nicht lieben zu müssen, es aber dennoch zu wollen. Ich schätze so sehr, was ich habe und habe dennoch nicht alles, was ich schätze.

Es ist ein kurzes Leben. Nicht alles hat Platz darin. Mein Haus aber hat keine Türen und keine Fenster. Mein Haus ist ein Tempel, mit Säulen an vier Ecken und einem Dach darüber. Mein Tempel ist offen und offen sind mein Glaube, meine Hoffnung und Dasein. Offen für das Leben. So möge es zwanglos eintreten – Türglocke gibt es keine.

Aus Dir entspringt das Licht
an drüben Regentagen,
und blendet alle Fragen-
gibt die Antwort nicht.

In Dir da wohnt der Schnee.
In milden Frühlingswochen
ist er aus sich gekrochen,
küsst liebevoll den Klee.

Mit Dir lässt jeder Tag
das Rundherum vergessen.
Nichts ist daran zu messen,
das ist´s, was ich so mag.

Um dich dreht meine Welt
verträumte Lichterkreise.
Ich werd´ davon nicht weise,
doch wird mein Sein erhellt.

Mittwoch

Nicht jetzt

Welches Lied wird in etwa drei Stunden meine Mutter in die feuchte Erde geleiten? Welches Musikstück gar? Hat mein Vater die Mondscheinsonate ausgewählt? Mein Vater, so ist mir bewusst, wird sehr genau darüber nachgedacht haben und seine Entscheidung

159

auch zu begründen wissen. Ich versuche gerade, mich in seine unglückliche Lage zu versetzen. Würde ich meiner Geliebten bei ihrem Begräbnis ihren Lieblingskomponisten oder das uns verbindende Lied spielen lassen. Wäre letztere Option nicht einfach nur Zeichen einer hilflosen Selbstbezogenheit, wäre sie vielleicht nicht nur der letzte klägliche Versuch, sich selbst verewigen zu wollen? Wen hat meine Mutter geliebt? Ganz klar meinen Vater. Wessen Musik hat sie geliebt? Van Beethovens. Sollte also nicht einer der beiden, Beethoven, also seine Musik oder mein Vater sie von hier dorthin begleiten? Vortritt dem Dienstälteren! Meine Entscheidung fiele also ganz klar auf den Lieblingskomponisten meiner Liebe. Wie aber wird mein Vater entschieden haben? Nun, in wenigen Stunden wird es zu hören sein. Erstmal aber muss ich versuchen, den guten Antonio aus seinem Tiefschlaf in Turnschuhen wieder ins Diesseits zu befördern. Es ist so lustig, ihn so daliegen zu sehen. Bitte, lieber Gott, nimm mir nicht meine makaber-fröhlich-traurige Stimmung. Lass uns später darüber reden. Nicht jetzt...

Augen schließen

Ich hatte mich, nicht zuletzt ob des Zeitdrucks, der nach Antonios dreiviertelstündiger Badezimmereinlage entstanden war, entschieden, nicht zur elterlichen Wohnung zu fahren, sondern gleich den Stammersdorfer Friedhof mit einem Taxi anzufahren. Antonio hatte, frisch geduscht und gestylt, neben mir im Taxi gesessen, hatte sich mein zweitbestes (das beste trug ich) schwarze Hemd geliehen und wusste auch wieder, seine italienische Designersonnenbrille gekonnt und äußerst dekorativ einzusetzen.

Es war ein sehr junger Taxifahrer, und wie sich im Laufe der Taxifahrt herausgestellt hatte, war diese Fahrt überhaupt seine allererste offizielle gewesen, die er zu meistern hatte. Dass diese erste Fahrt ausgerechnet zu einem Friedhof führen sollte, versprühte für den jungen Taxifahrer nicht gerade positive Energie und hemmte auch offensichtlich seine Motivation. Kurzum, er hatte auf jeden Fall den Stammersdorfer Friedhof mit dem Strebersdorfer Friedhof verwechselt, sodass ernsthafte Zweifel in mir hochwuchsen, dem Begräbnis überhaupt noch beiwohnen zu können. Es war nach zehn Uhr gewesen, also *nach* dem Beginn des Begräbnisses, und ich befand mich immer noch in einem Taxi irgendwo zwischen Strebers- und Stammersdorf. Ich dachte an meinen Vater, der in eben diesem Moment wahrscheinlich innerlich rotieren würde, dachte an eine Mutter, deren letzten irdischen Weg ich bestenfalls nur noch auf halben Wege würde beiwohnen können und ich dachte schließlich an mich, der mit all dem nicht zurechtkam.

Der Friedhof war verspätet endlich erreicht, Antonio und ich trafen gerade noch in der Aufbahrungshalle ein, als die letzten Töne von *Era bella* verklangen.

Meiner Eltern Lied also... Es war so schön, ja, schön, und ein weiteres war Antonio andächtig verstummt.

Die letzten Töne waren verklungen und die Sargträger hatten sich aufgemacht, den Sarg aus der Halle zu befördern. Die Menschenmenge erhob sich langsam und und immer mehr Blicke stachen förmlich auf mich ein. Verwandte, Freunde meiner Eltern, schließlich meine Freunde. Ich kannte sie alle, diese Blicke. Ich freute mich freilich über jeden einzelnen Blick, über jede anwesende Person, dennoch konnte ich es nicht auf die erwartete Weise zeigen.

Wo mein Vater denn sei, flüsterte mir schließlich eine wohl vertraute Stimme ins Ohr. Es war meine Tante Marlene, Schwester der Verstorbenen, meiner Mutter also. Tante Marlene legte behutsam ihre zarte Hand auf meine Schulter und wiederholte ihre Frage.

Verstört blickte ich in der Menschenmenge umher, mein Vater aber war tatsächlich nicht zu sehen gewesen.

Antonio bemühte sich, auffallend unauffällig nach einer Person, die er nie gesehen hatte, Ausschau zu halten. Er tat mir leid, mein Freund. Doch, ich hatte in diesem Moment wirklich nicht die nötige Konzentration, mich auf ihn, auf *irgendwen* zu konzentrieren.

Der Leichenzug war auf dem Weg zum offenen Grab, der Sarg war bereits aus der Halle getragen worden, und nach und nach hatten sich die Trauergäste angeschlossen. In erster Reihe sollten mein Vater und ich dem Sarg folgen. Beides war jedoch nicht der Fall gewesen.

Ich blickte noch einmal auf den Leichenzug, auf all die Menschen, die meine Mutter zu ihrer letzten Ruhestätte begleiteten. Ich sah all die Kränze, die Blumen und Schleifen, sah gebeugte Menschen, die erhaben einem

Sarg folgten, blickte auch immer wieder auf den strahlend blauen Himmel, der die ganze Szenerie irgendwie ins Lächerliche zu ziehen versuchte, überhörte die zwitschernden Vögel auf den Ästen der nahestehenden Bäume und schloss schlussendlich meine Augen, um all das nicht mehr sehen zu müssen.

Alles gut

Schließen wir die Augen, so scheint vieles dadurch in die Ferne gerückt, vieles aber springt uns zugleich ins Gesicht. Mit geschlossenen Augen werden andere Sinne freier. So konnte ich plötzlich das Vogelgezwitscher ganz anders wahrnehmen als zuvor. Der Entzug des Augenlichts ließ mich Geräusche um mich wahrnehmen, wie ich sie andernfalls nie wahrgenommen hätte. Fällt ein Sinn aus, so verschiebt sich das Gewicht der Konzentration auf die anderen, noch verfügbaren und also intakten Sinne. Fällt meine Mutter aus, so konzentriert sich alles auf meinen Vater. Und dies war auch der Grund gewesen, weswegen ich das Begräbnis meiner Mutter vorzeitig verlassen hatte.

Ich musste wissen, was mit meinem Vater geschehen war...

Auf der Fahrt zur elterlichen Wohnung hatte Antonio mehrmals versucht, meinen Vater telefonisch zu erreichen, hatte jedoch jedes Mal enttäuscht den Anruf beendet. Ich hatte große Sorge, ja, Angst und, wie sich herausstellte, nicht unbegründet. Nach mehrmaligen Klingeln an der Türe brachen Antonio und ich selbige auf und waren in die Wohnung meines Vaters gestürmt. Antonio und ich, und wieder war ich dankbar, Antonio an meiner Seite zu wissen, vernahmen laut und deutlich die Klänge Van Beethovens Mondscheinsonate. Ich wusste sofort, dass *etwas* passiert war. Zu friedlich-düster war die Stimmung in der Wohnung gewesen. Mein erster Blick fiel auf den Anrufbeantworter. Keine neue Nachricht. Meine Nachricht war also abgehört worden. Antonio öffnete schließlich die Türe zum elterlichen Schlafzimmer, und da hatte er also gelegen, mein Vater. Bereit zu gehen. Seine Schuhe waren auf Hochglanz poliert, einen Anzug trug er, darunter Hemd und Krawatte. Es schien, als schliefe er, als würde er sich nur kurz ausruhen, ehe er den Weg zum Friedhof angehen würde. Ja, mein Vater hatte tatsächlich geschlafen, hatte sich offensichtlich noch für einen kurzen Augenblick hingelegt. Doch seine Augen hatten sich nicht mehr geöffnet, hatten nicht mehr *geblickt*. Waren einfach eingeschlafen, entschlafen.

Was meinem Vater erspart blieb, wusste er. Der erstmals zum Einsatz gekommene CD-Player spielte Beethovens Mondscheinsonate auf Dauerschleife. Mein Vater hatte sich also alle Zeit genommen, zu gehen, und in jedem Moment, welcher es auch sein möge, konnte er sich sicher sein, dabei von Van Beethovens Mondscheinsonate begleitet zu werden. Öffentlich hatte mein Vater *Era bella* gewählt, hatte *das* Lied von ihm und seiner Frau gewählt, nur, um in Ruhe bei Beethovens Klängen seiner Frau zu folgen. Mein Vater war mir fremd geworden. Aber, als er so dagelegen hatte, im besten Anzug, eingehüllt in Van Beethovens Klänge, da *hatte* ich ihn irgendwie wieder. Da konnte ich ihn spüren. Mehr als zu Lebzeiten. Und auch meine Mutter stand plötzlich vor mir, war aus dem Sarg gesprungen, hatte sich ins erstbeste Taxi gesetzt und war endlich wieder nach Hause gefahren, war die Treppen hochgelaufen, durch die aufgebrochene Türe gerannt und hatte sich an das Ende des Ehebettes gesetzt. Rüttelte meinen Vater, streichelte seine Hand und sang ihm ins Ohr. *Era bella...*

Antonio sang fröhlich mit, forderte meine Mutter zum Tanze auf, mein Vater erhob sich vom Bett, öffnete eine Flasche seines besten Weins, den er sich zeitlebens immer für einen ganz besonderen Moment aufgehoben hatte und lockerte lässig seine Krawatte. Mama und Papa tanzten schließlich, tranken Wein und waren glücklich. Antonio und ich tranken auch unser Glas Wein, und irgendwie hatten wir das Gefühl, diese beiden sich liebenden Menschen zu stören. Irgendwie passte es nicht und passten wir nicht hierher. Irgendwie verließen wir unbemerkt die Wohnung und das Leben dieser beiden so liebenswerten Menschen. Irgendwie war ich plötzlich wieder ein wenig unsicher und doch war plötzlich irgendwie...

...alles gut.